KB125878

이태리 아파트먼트

팬데믹을 추억하며

마시모 그라멜리니 지음
이현경 옮김

Longanesi & C, © 2020, Milano
Gruppo editoriale Mauri Spagnol
Korean Translation Copyright © 2022, publication year by HAEWADAL
Publishing House Korean edition is published by arrangement
with Longanesi through Imprima Korea Agency

이 책의 한국어판 저작권은 (주)임프리마코리아를 통해 저작권자와 독점 계약한
해와달 출판그룹에 있습니다. 저작권법에 의하여 한국 내에서 보호를 받는
저작물이므로 무단전재와 무단복제를 금합니다.
* 시월이일은 해와달 출판그룹의 단행본 브랜드입니다.

C'era una volta adesso

이태리 아파트먼트

팬데믹을 추억하며

마시모 그라멜리니 지음 **이현경** 옮김

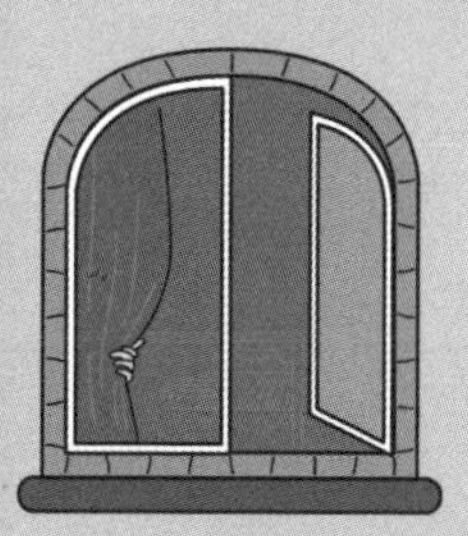

시월이일

시모나에게

당신의 미소는 집이야.

목 차

프롤로그

결국은 다 괜찮아 질 거야.

괜찮지 않으면 아직 끝이 아닌 거야.

- 존 레논 -

나는 바이러스 때문에 내가 끔찍이 싫어하던 사람과 집안에 격리되어 아이에서 어른이 되었다.

영웅들은 대개 자신이 태어나 살던 곳에서 안주하지 않고 미지의 세계로 모험을 떠난다. 그리곤 새로운 세상에서 만난 괴물을 죽이거나 괴물에게 죽임을 당할 때까지 싸운다. 나는 아홉 살에 집에서 한 발짝도 나가지 않은 채 그런 싸움을 했다.

나 혼자만 그런 게 아니었다. 전 세계가 똑같은 시련과 마주하고 있었다. 그 시련을 변화의 기회로 이용한 사람이 있는 반면 그렇지 못한 사람들도 있었다.

노년에 접어들면서 나는 다시 아홉 살 어린아이가 된 기분이 든다. 어떤 소식을 듣든 흥분하고 놀라며, 별것 아닌 일로 자주 울고 웃는다. 그러니 아마도 지금이 그 당시 내게 일어났던 일을 회상하기에 최적의 상태일 것이다. 하지만 기억을 떠올리며 손자들에게 그 이야기를 하면 아이들은 전혀 못 믿겠다는 표정이다. 아이들은 내 이야기가 시시한 상상의 결과물이라고 생각한다.

이 글을 쓰는 이유는 손자들의 관심을 끌기 위해서다. 어떤 이야기는 글로 쓰일 때 더욱 매력적으로 느껴지니까. 여러분의 관심은 두말할 것도 없다.

- 2080년 12월 밀라노에서

젬마 할머니의 주방

나는 처음에 바이러스가 그리 싫지 않았다. 오히려 귀찮은 생일 파티를 생략할 수 있게 해주어서 고마울 따름이었다. 엄마는 혹시 팝콘 용기에 바이러스가 묻어오기라도 할까 봐 불안해하며 파티를 취소했다. 나는 바이러스보다 초대받고 올 친구들이 더 걱정이었다. 외부인이 내 방에 쳐들어와서 자기 것인 양 내 장난감을 가지고 논다고 생각하면 견디기 힘들었다. 그들은 하나같이 허락을 구하지 않은 채 내 일상을 엉망진창으로 만드는 악당이었다.

같은 층에 사는 줄리오 마우로도 그중 하나다. 그 애는 착한 척하며 상처를 주는 부류로, 난 그 애를 싫어했지만 친하게 지내고 싶기도 했다. 그러나 지난 번 그 애가 내 방에 놀러 왔을 때, 확실히 알게 됐다. 사실 그런 사람들이 더 음흉하고 사악하다는 걸.

줄리오 마우로는 그날따라 물이 더러워 보인다며 빨간 금붕어 론이 사는 어항의 물을 갈아줘야 된다고 고집을 부렸다. 그러더니 다짜고짜 금붕어가 든 어항 물을 그대로 욕실 변기에 쏟고, 물을 내려버렸다. 론은 줄리오 마우로 때문에 영영 하수구에서 살게 되었지만 그는 사과조차 하지 않았다. 금붕어가 스스로 변기에 뛰어든 거라면서.

아무튼 그해 내 생일은 친구들을 초대해 파티를 하는 대신 할머니 집에 모여 식사를 하기로 했다. 젬마 할머니가 할머니 집에서 생일 케이크 촛불을 꺼야 한다고 고집했기 때문이다. 거리상으로 보았을 때 특별히 어려울 게 없는 일이었다. 할머니는 우리 윗집에 살았으니까. 그렇지만 엄마는 마치 우주여행이라도 가는 듯이 생각했다.

엄마는 나와 로사나 누나에게 마스크를 단단히 쓰게 하고 재채기를 할 정도로 우리 몸에 소독제를 잔뜩 뿌렸다. 뿐만 아니라, 아서 왕의 검을 연상시키는 체온계를 겨드랑이에 찔러 넣었다. 누나와 나는 소독약 세례를 두 번씩 받고 나서야 집에서 나와 계단을 올라가는 모험을 시작할 수 있었다.

그때 아시아인 배달원이 올라왔다. 그는 피사의 사탑처럼 기울어진 피자 상자를 양손으로 떠받치고 있었다. 남자는 엄마에게 마우로 씨네 집이 어딘지 물었다. 엄마는 대답 대신 벽에 몸을 딱 붙였다. 배달원이 웃으며 말했다.

"안심하세요, 부인. 저는 한국인이에요."

바이러스가 기염을 토하듯 도시로 번지던 그때, 대유행이 중국에서 시작되었다는 생각이 지배적이었다. 엄마는 우리 입에서 '우한'이라는 단어가 나오기만 해도 당장 욕실에 가서 손을 씻고 오라고 할 정도로 불안에 떨고 있었다. 엄마가 검은 청바지를 입고 손가락까지 다 가리려고 스웨터를 최대한 밑으로 내린 채 벽에 몸을 딱 붙이고 있는 모습이 어제 일처럼 생생하게 떠오른다.

엄마는 조각상 같은 몸매를 가졌고 동안이라 누가 봐도 젊은 아가씨 같았다. 엄마의 러시아식 이름도 아주 예뻤다. 엄마의 이름은 타냐였는데, 엄마 친구들은 엄마를 탄샤T'ansia, ansia는 이탈리아어로 걱정, 불안을 의미한다라고 불렀다. 엄마는 영성에 관한 서적만 읽었고 명상과 요가를 많이 했지만, 누나나 내가 기침만 한 번 해도 지나칠 정도로 걱정했기 때문에 그런 명상이 다 무슨 소용인지 이해가 되지 않았다.

그나마 로사나 누나가 있어서 다행이었다. 누나는 우리 가족의 든든한 버팀목이었다. 누나는 자다가 천장이 무너져 내려도 잠옷의 먼지를 툭툭 털며 나올 사람이었다. 엄마가 자꾸 불안해하며 우리까지 불안하게 만들자 누나는 엄마를 진정시키려 애썼다. 그러면서 내게 바이러스는 일종의 독감 같은 것이어서 기껏해야 몇몇 노인들의 목숨을 빼앗아갈 뿐이니 두려워하지 말라고 말했다.

그러나 그런 말을 들으니 더 불안했다. 바이러스 때문에 젬마 할머니가 돌아가시면 어쩌지? 할머니는 내 구명조끼이고 높이 나는 나의 연鳶이었다.

그날 젬마 할머니가 차려준 음식은 여느 때처럼 훌륭했다. 그러나 음식 냄새가 소독약 냄새와 섞여 역겨웠다.

가족들이 모이자, 엄마는 모두에게 눈을 만지지 말고 재채기를 할 때는 팔로 가려달라고 말했다. 얼마나 심각하게 이야기를 하는지, 혹시나 실수를 할까 봐 모두 재채기가 나올 것 같아도 애써 참았다.

로사나 누나는 며칠 전부터 학교에서 만난 남자친구와 사랑에 빠져서, 식사 시간 내내 휴대폰 화면에서 눈을 떼지 못했다.

엄마의 동생인 이레네 이모는 초점 없는 눈으로 멍하니 벽을 바라보며 음식에는 손도 대지 않았다. 이모는 로마에서 계약직으로 일했는데, 홀수 주 토요일마다 남자친구와 주말을 보내려고 밀라노로 놀러 오곤 했다. 그녀의 남자친구는 주머니에 항상 내게 선물할 공룡 모형을 가지고 다니는 호감 가는 사람이었다. 밥을 먹다 말고 이모에게 남자친구에 대해서 묻자 이모는 대답 대신 요란하게 코를 풀었고, 엄마는 이모에게 당장 열을 재보라고 소리쳤다.

이 집에서 정상에 가까운 사람은 젬마 할머니뿐이었다. 내게 파스타를 억지로 먹을 임무만 주지 않았다면 말이다. 파스타는 정확히 세 가지가 준비되어 있었다. 펜네 리셰로 만든 페스토 파스타, 참치 파스타, 토마토 파스타. 평소 같았으면 맛있게 먹었겠지만 그때는 먹는 게 고통스러웠다. 속이 꽉 막혀 있어서 뚫을 길이 없었다. 나는 파스타를 먹는 대신 비어 있는 내 옆자리를 계속 보았다. 아버지가 앉아야 할 자리였다.

아버지 본명은 안드레아지만, 젬마 할머니는 매사에 우유부단하고 애매모호한 아버지의 태도를 비꼬며 안드레이Andrei, '가다'라는 의미의 andare의 조건법 표현(이탈리아어에서 조건법은 어떤 행위를 명확하게 나타내는 게 아니라, 희망, 의도, 가능성, 추측 등 가능성이 있는 행위를 표현하는 데 쓰인다)라는 별명을 붙여주었다. 아홉 살인 내게는 필사적일 정도로 슈퍼 히어로가 필요했지만, 아버지는 내가 생각하는 슈퍼 히어로와는 거리가 멀고 또 멀었다.

올해 생일에 아버지는 스파이더맨 가면을 선물로 주겠다고 약속했다. 그러나 세 번째 파스타를 먹기 시작했을 때, 아버지가 선물은커녕 내 생일과 나의 존재 자체를 아예 잊어버렸을지도 모른다는 생각이 들기 시작했다.

맛있기로 유명한 할머니의 네 가지 초콜릿 푸딩이 생일 케이크로 등장했을 때 엄마의 휴대폰 화면이 환히 빛나더니 안드레이의 수염 기른 둥근 얼굴이 나타났다. 그의 수염은 항상 너무 짧거나 너무 길었는데, 어쨌든 잘 어울리지 않았다.

엄마가 역겹다는 듯 찡그린 표정을 숨기지 못한 채 내게 휴대폰을 건넸다.

"생일 축하해, 챔피언!"

난 챔피언이라고 불리는 게 끔찍하게 싫었다. 특히 아버지가 그렇게 부르는 게.

"이번에는 어디 계세요?"

내가 물었다.

"문제가…… 일 때문에…… 늦어서…… 금방 갈게…… 선물…… 엄마…… 챔피언……."

애처로웠던 아버지 변명이 연결되지 않은 문장으로 띄엄띄엄 떠오른다. 정말 그렇게 말했는지 전화 연결에 문제가 있었는지는 나도 정확히 모르겠다. 아버지의 빈자리가 더 크게 느껴졌던 것만은 분명했다.

아버지가 기차 핑계를 댈 수 없어서 직장에 무슨 문제가 생겼다고 거짓말을 했는지도 모르지만 나는 아직 아버지가 무슨 일을 하는지 정확히 알지 못했다. 어쩌면 진짜 문제는 이것인지도 몰랐다. 수많은 문제 중의 하나인 문제가.

누나는 아버지, 엄마와 함께 공원에서 평화로운 오후를 보낸 추억들을 간직하고 있었다. 그때 아버지와 엄마는 누나의 손을 잡고 세 발자국마다 하늘로 높이 들어 올려주었다고 한다. 마치 발레리나처럼. 하지만 내게 제일 먼저 떠오르는 기억은 세 살 때 엄마와 아버지가 고함을 치며 싸우던 모습이다. 엄마는 아버지가 쾅 하고 문을 닫는 소리를 듣지 않으려고 밤색 이불을 머리끝까지 끌어올렸다. 그리고 안드레이가 집을 떠난 날, 눈물을 흘리던 엄마의 모습이 두 사람에 대한 내 기억의 전부다. 엄마는 가족들에게 눈물을 보이지 않으려고 욕실에서 몰래 울었지만 나는 문 뒤에 숨어 있었다. 엄마의 눈물을 모두 모아서 나만 아는 비밀 장소에 가져다 놓으려는 듯이 말이다. 나는 내가 원탁의 기사라고 생각했고 아버지든 누구든 엄마에게 상처를 주는 사람이 있다면 그로부터 언제든 엄마를 지켜주겠다고 다짐했다.

"생일 축하해, 마티아!"

화면 한쪽에서 아버지 애인의 금발 머리가 나타났다. 그 여자의 이름은 페데리카였는데, 은행가의 외동딸이어서 사고 싶은 건 뭐든 살 수 있었다. 그래서 어느 날 우리 아버지를 보더니 아버지를 사버렸다.

"안녕하세요, 잘 지내세요?"

전혀 궁금하지 않았지만 나는 그렇게 물었다. 마음에 없는 말을 하는 게 내 나름의 자기 방어 기술이었다.

"잘 지내고 있어, 마티아. 빨리 보고 싶은데!"

페데리카가 새하얀 이를 드러내며 대답했다. 공허한 인사치레에 불과하다는 사실을 금방 알아차릴 수 있었다.

인사를 나누는 데 지쳐서 엄마에게 휴대폰을 넘기자 엄마는 친절한 말 한마디 보태지 않고 전화를 끊었다. 엄마는 내게 억지로 웃어 보이며 식탁에 빨간 상자 하나를 올려놓았다.

"풀어봐, 마티아. 아빠가 보냈어. 무슨 선물일까? 열어 보고 아빠에게 동영상 보내자."

"안 하고 싶어요."

"많이 기대했잖아!"

"고마워요, 엄마. 나중에 퍼프하고 열어볼게요."

퍼프는 하얀 인조털로 만든 구름처럼 폭신한 의자로 내가 제일 좋아하는 친구였다. 내 방에 살고 있었고, 내가 자기 위에 앉을 때만 말을 하는 특이한 녀석이었다.

"내버려 둬라, 타냐."

할머니가 나를 도와주었다.

"너도 마티아 나이 때는 선물을 나중에 풀어보는 걸 좋아했어.”

“고마워요, 할머니.”

할머니에게 말했다.

“할머니가 바이러스에 감염되면 슬플 거예요.”

할머니가 한쪽 눈을 찡긋했다.

“난 너무 건강하단다!”

“지금은 그렇지요. 로사나 누나가 할머니도 감염될지 모른다고 했어요.”

“마티아에게 뭐라고 한 거야?”

할머니가 로사나 누나 쪽을 돌아보며 목소리를 높였다. 휴대폰에 빠져있던 누나가 정신을 차렸다.

“사실이잖아요. 우리는 바이러스가 노인과 병자들만 공격하길 바라야 해요. 그건 우리 모두를 공격할 정도로 강력하지 않다는 뜻일 테니까요.”

“훌륭하구나, 로사나!”

젬마 할머니가 빈정거리는 듯한 목소리로 말했다.

“넌 아무 쓸모없이 늙어빠진 할미가 사라지길 학수고대하는구나, 안 그래?”

“그런 말 한 적 없어요! 그렇지만 할머니가 안전한 곳에 계시면 좋겠어요. 내 친구 소피아네 할머니는 시골 요양원에 계시는데 본인이 세상에서 제일 운 좋은 사람이라고 생각하신대요. 할머니도 요양원에 가시는 게 어떠세요? 상황이 정상화될 때까지만이라도요."

"난 여기서 한 발짝도 안 움직일 거야!"

"로사나가 농담한 거예요, 엄마."

엄마가 우리의 버릇을 고치려 할 때 보이곤 하는 익숙한 눈길로 누나를 노려보았다.

나는 그 자리에 앉아 있기가 지겨웠다. 바로 그 순간이 예의 바르게 자리를 뜰 절호의 기회 같았다. 나는 할머니에게 달려가서 포옹을 했다. 할머니에게서 여느 때처럼 고소한 빵 냄새가 났다.

"그러면 안 돼!"

엄마가 소리쳤다.

"할머니, 난 할머니가 다른 곳에 가서 요양하는 거 싫어요! 제게 할머니는 아무 쓸모없는 늙은이가 아닌 걸요."

이레네 이모가 할머니에게 '아무 쓸모없는 늙은이'라고 말할 권리는 이모밖에 없다는 걸 우리에게 알리기 위해 무대에 등장했다. 그러나 선물에 집중하느라 건성으로 들어서 이모가 뭐라고 말했는지 자세히 기억나지는 않는다.

선물은 아버지가 약속했던 대로 스파이더맨 가면이었다. 아이들도 직감이라는 것이 있다. 선물 상자에 스파이더맨 가면이 있을 거라는 걸 나는 알고 있었다. 엄마가 안드레이에게서 우편으로 선물이 올 거라고 했으니 확실했다. 그보다 더 확실한 사실은 전날 밤 그 가면을 산 사람이 바로 엄마라는 거다. 아버지와 전화로 나지막이 말다툼을 한 뒤 엄마는 화난 표정을 감춰야 한다는 것조차 잊을 정도로 급히 밖으로 달려 나갔다.

엄마는 아버지가 언제나 나를 생각한다는 믿음을 주려했지만 우리 둘 다 잘 알다시피 아버지는 자기만 생각하는 사람이었다. 게다가 그마저도 제대로 하지 못했다.

우리 아파트 관리인 카를로 할아버지는 한시도 쉬지 않고 다른 사람을 위해 일하는 분이다. 엄마가 케이크에 초를 켜기 직전에 할아버지가 고양이를 안고 문 앞에 나타났다. 불룩한 재킷 주머니에서 구깃구깃한 《백 년 동안의 고독》이 삐져나와 있었다.

세상에서 가장 수줍음을 많이 타는 사람을 뽑는 대회가 있다면 우승은 나와 카를로 할아버지 차지일 게 분명하다. 그러나 분주한 손놀림이 할아버지의 수줍음을 상쇄했다. 할아버지는 볼 때마다 부지런히 화분에 물을 주거나 창문 수리를 했다. 유일하게 책을 읽을 때만 손을 움직이지 않았다.

할아버지는 나와 같은 학년인 초등학교 4학년까지밖에 학교를 다니지 못했다. 문학 교수로 은퇴한 젬마 할머니는 당신이 부탁한 일을 서둘러 처리해준 데에 대한 보답으로 할아버지에게 독서 취미를 갖게 해주기로 했다.

매달 첫날 할머니는 할아버지에게 소설책을 선물했고 마지막 날 책 내용에 관해 질문했다. 가끔 점수를 매기기도 했다.

카를로 할아버지가 쭈뼛거리며 우리 쪽으로 왔다. 그날이 바로 질문을 하는 날이었다.

"젬마 선생님, 이 책은 매력적이었어요. 그렇지만 인물들이 자꾸만 혼동돼서 잘 요약할지 걱정이네요. 이름이 전부 아르카디오 아니면 아우렐리아노더군요."

젬마 할머니는 이번에는 《백 년 동안의 고독》 요약 대신 할아버지 품에 안긴 고양이 사연을 듣기로 했다. 그러자 카를로 할아버지가 고양이를 구하게 된 눈물 나는 이야기를 들려주었다. 요약하자면, 어느 날 밤 순찰을 하다가 쓰레기통 위로 살짝 튀어나온 고양이 주둥이를 발견했고, 가까스로 꺼내 보니 새끼 고양이가 죽어가고 있었다는 것이다.

앞서 말한 빨간 금붕어 사건 이후 나는 고양이를 키우고 싶다고 말하곤 했다. 날카로운 발톱이 있는 동물이라면 욕실 변기 안으로 그렇게 쉽게 끌려가지 않을 테니까.

“생일 축하해, 마티아!”

카를로 할아버지가 나지막하게 소리치며 내 품에 고양이를 안겨주었다. 나지막하게 소리치는 건 할아버지의 특기였다.

“피치노 피치오를 소개할게.”

나는 소름이 돋을 정도로 행복했다. 내가 이 가여운 고양이의 아빠가 되는 것이다! 아빠가 되면 어떻게 해야 하는지 알 수 없었지만 절대 실패하지 않는 방법이 있었다. 아버지가 내게 했던 행동과 정반대로만 하면 된다.

맨 먼저 나는 고양이를 절대 챔피언이라고 부르지 않겠다고 다짐했다. 물론 피치노 피치오도 싫었다. 조그만 고양이에게는 너무 긴 이름이었다. 나는 피치포라는 새로운 이름을 지어주기로 했다. 고양이의 귓가에 “피치포”라고 작게 속삭이자 피치포는 마음에 드는 듯 주둥이를 내게 비비댔고, 그 사이 고양이의 온몸을 환하게 만들어주는 금빛 줄무늬가 몇 개인지 세어보았다. 나는 피치포를 처음 본 순간부터 사랑에 빠졌지만 아버지에게 고양이 알레르기가 있다는 걸 떠올리자 피치포가 더 좋아졌다.

로사나 누나는 피치포를 빼앗아가더니 연속으로 사진을 찍어댔다. 누나의 SNS에 올릴 사진이었다. 누구나 예쁘고 행복해 보이는 허구의 공간 말이다.

엄마는 피치포의 등장을 반대했다. 집안에 동물을 들이기에 적절한 시기가 아니라고 했다. 중국에서 박쥐 때문에 어떤 일이 벌어졌는지 생각해 보라면서.

나는 박쥐 때문에 어떤 일이 벌어졌는지 모르지만 누나가 지금 피치포에게 하고 있는 짓보다 더 나쁠 것 같지는 않았다. 나는 카를로 할아버지에게 엄숙하게 약속했다. 피치포는 나와 퍼프, 단둘이서만 돌보겠다고 말이다.

아홉 살 때 나는 커서 소방관이 될지, 인디언 추장이 될지, 첩자가 될지 아직 결정하지 못했다. 그래서 누나는 내게 소방관 안전모를, 이모는 인디언 천막을, 엄마는 비행기 조종사들이 쓰는 것 같은 헤드폰을 선물했다. 소리를 크게 들려주는 그 물건에 나는 '큰 귀'라는 이름을 붙여주었다. 그걸 쓰고 나가 숲을 산책하면 숲속의 온갖 소리를 들을 수 있었다. 엄마는 '큰 귀'가 그렇게 사용되길 바랐겠지만 나는 선물을 받자마자 집안에서 더 많이 사용할 궁리를 했다.

다른 해와 마찬가지로 할머니는 내게 두 가지 선물을 주었다. 하나는 내가 좋아하는 선물이었고 다른 하나는 할머니가 좋아하는 선물이었다. 첫 번째 선물은 휴대용 녹음기였다. 녹음기는 내 자식들이 '아버지의 박물관'이라고 부르는, 내 평생 사용한 기계들이 모여 있는 방에 지금까지 보관하고 있다. 다른 선물은 망원경이었는데 안타깝게도 몇 번 이사를 다니다가 잃어버렸다.

젬마 할머니는 별을 아주 좋아했다. 망원경은 할아버지가 쓰던 것이기도 했다. 할아버지는 지금 하늘의 별들 사이에 살고 계신데 할머니 꿈에 나타나 망원경을 선물하라고 조언했다고 한다. 나는 하늘에는 영 관심이 없었지만 두 선물 모두 감사하다고 말했다.

드디어 초를 불 시간이 왔다. 나는 예전에 내 발위로 떨어진 책 표지에 그려졌던 아이올로스그리스 신화에 등장하는 바람의 신처럼 두 뺨을 한껏 부풀려 파란 초 아홉 개를 한 번에 끄고 싶었다. 그러나 엄마는 《하멜른의 피리 부는 사나이》처럼 겨우 피리를 불 수 있을 정도로만 숨을 내쉬어 초를 불게 했다. 혹시라도 내 입에서 침이 튈까 걱정이 되어서였다. 반항적인 촛불 하나가 끝까지 꺼지지를 않아서 촛농이 케이크에 떨어졌다.

최악의 상황이 찾아오고 있는 게 분명했다. 그 순간 누군가 인터폰을 누르더니 우스꽝스러운 거대한 공 모양의 선물상자를 들고 입구에 나타났다. 상상력이 완전히 메마른 사람도, 예를 들면 우리 엄마 같은 사람도 상자 안에 공이 들어있다는 것쯤은 금방 알아차릴 정도였다.

더블 제트라는 별명을 가진 제노 조르치였다. 엄마는 학교에서 운동 교육, 그 희한한 시대에는 체육이라고 불리던 과목을 가르쳤는데, 제노 조르치는 그 학교의 거만한 교장이었다.

나는 아버지의 애인만큼이나 이 사람을 거의 증오에 가깝게 싫어했다. 그러나 다시 생각해보면 그는 좋은 사람이었다. 물론 얼마 전부터 바이러스에 대해 이런저런 말을 해서 사람들이 그를 피하게 되었지만 말이다. 하긴, 평소에 그가 일상적인 말을 해도 주변 사람들은 종종 공포에 사로잡히곤 했으니 꼭 바이러스 때문만은 아닐 것이다.

건배를 할 때 엄마가 더블 제트에게 마스크를 벗어도 된다고 허락해주었다. 족제비 같은 얼굴이었다. 이리저리 잘 돌아가는 눈에 이중 턱이었는데, 이 턱 때문에 약간 권위가 있어 보였다.

어른들이 샴페인 잔을 내려놓고, 나 역시 제일 좋아하는 레몬 슈웹스 잔을 내려놓자마자, 잠깐 졸던 이레네 이모가 정신을 차렸다. 그리고 마치 그제야 언니 동료에게 관심이 가기라도 한 듯, 공범자 같은 목소리로 그에게 말했다.

"제노 선생님, 소식 들었어요. 언제 행동을 개시할 거죠?"

더블 제트는 무슨 말이냐는 듯한 눈으로 엄마를 보았다. 엄마는 이모를 약간 사나운 눈으로 노려보느라 더블 제트가 엄마를 쳐다보는 걸 알아채지 못했다. 이모는 마스크를 벗은 제노 조르치의 입술만 보고 있어서 엄마의 눈을 보지 못했다.

"지금…… 막 집에서 나가려던…… 참입니다."

불쌍한 남자가 더듬거렸다. 말하기가 매우 난처한 듯 띄엄띄엄 한마디씩 말을 이었다.

"우리 아이들에게…… 아내에게…… 물론 말했지요……. 그렇지만 난 아직…… 잘 모르겠는데 때를 봐서……."

"그랬겠죠! 언제 아래층으로 이사 올 거죠?"

이레네 이모가 밀어붙였다. 이제 제노 조르치에게는 마스크가 아니라 재갈이 필요한 듯했다.

누나가 놀라서 휴대폰을 떨어뜨렸다.

"엄마, 제노 선생님이 우리 집에 와서 살 거예요?"

로사나 누나는 정곡을 찌르는 재능이 있었다.

"지금은 그 이야기를 할 때도, 그럴 장소도 아닌 것 같구나."

엄마가 딱딱하고 차가운 목소리로 한마디씩 또박또박 대답했다. 그 목소리가 아이스크림이라면 레몬 셔벗 맛이 날 것 같았다.

"두 사람이 사귄 지 오래 됐잖아, 뭐가 문제지?"

이레네 이모가 집요하게 말했다. 이모는 호수에서 사방으로 물방울을 튀기는 어린 오리처럼 다른 사람들을 당황스럽게 했다.

"문제없죠, 문제없죠……."

제노 조르치가 우물거리며 말했다. 그 두 마디를 하는 데 입 안의 침이 바짝 말라보였다.

"생각해줘서 고맙지만 이성적으로 생각해보면 급한 일은 아니죠. 물론 무모한 일도 아니겠지만……."

계속 말을 잇지 못하는 더블 제트 때문에 분위기가 엉망이 되어버렸다. 엄마는 이런 분위기를 핑계로 상황을 정리하려 했다.

"마티아, 뭐하고 있니?"

"아무 것도 안 해요, 엄마. 녹음하는 중이에요."

나는 벌써 할머니 선물 포장을 풀었고 녹음기를 처음 사용할 절호의 기회라고 생각하며 더블 제트의 말을 녹음했다. 하지만 엄마가 내 손에서 녹음기를 빼앗았고 곧이어 할머니가 발코니로 나가서 망원경도 사용해 보자고 했다.

"할머니하고 별 보러 가자, 아가."

"할머니, 지금 오후 두 시에요!"

"태양을 보자는 말이지."

해를 보다가 실내로 들어오자 눈이 따가웠다. 그래서 눈을 비볐더니 엄마가 식탁에서 일어나서 내 얼굴을 수도꼭지 밑으로 밀어 넣었다.

집안은 이글루 안에서 회의를 하듯 냉랭한 분위기였다. 할머니와 내가 발코니에서 망원경을 보며 살을 태우고 있을 때 다른 사람들이 무슨 말을 했는지 짐작도 가지 않았다. 이미 우리의 일상을 침범한 제노 조르치가 이제는 그 자리에 있던 모든 사람의 생각 속으로까지 파고든 게 틀림없었다.

엄마는 바로 옆에 앉은 더블 제트에게 계속 대답 없는 문자 메시지를 보내는 중이었다. 마침내 그가 반응을 보였을 때, 그는 엄마의 문자와는 전혀 상관없이 밑도 끝도 없는 소식을 전했다.

"교육부에서 공지가 왔는데 다음 주부터 각 학교의 등교가 금지된대!"

로사나 누나가 다시 휴대폰을 떨어뜨렸다. 누나의 파란 눈은 전혀 동요가 없어서 누나가 무슨 생각을 하는지 아무도 짐작하지 못했다. 나만 빼고 말이다. 지금 누나는 등교를 하지 못하면, 이제 막 사귀기 시작한 고등학교 5학년생 다미아노를 어디서 만나야 할지 걱정하는 중이었다.

나는 식탁 밑에서 주먹을 꽉 쥐고 조그맣게 말했다.

"와 이런! 다 꺼져버려라!"

나는 당분간 꺼져버릴, 학교생활에서 겪는 끔찍한 일들의 목록이 떠올랐다.

- 아침 7시에 일어나기

- 아버지가 어디에 살고 직업이 뭐냐고 물어보는 친구들에게 거짓말하기

- 엄마가 나 몰래 가방에 넣은 유기농 간식 때문에 쉬는 시간에 놀림당하기

- 튀어나온 이 때문에 토끼 마티아라고 놀림 당하기

- 한 번도 성공한 적 없지만 수업시간에 집중하려고 애쓰기

- 똥에 대한 시 빼고는 점수가 안 좋은 전 과목 점수 만회하기(시는 시험 점수에 들어가지 않았다)

- 튀어나온 이 때문에 토끼 마티아라고 놀림 당하기(이건 두 번이나 등장하는데 그 무엇보다 싫었기 때문이다)

그때의 나는 등교를 하지 않으면 이런 일들로부터 마침내 자유로워질 수 있다고 믿었다. 그래서 만약 누군가 진정한 자유란 스스로 규칙을 지키는 데 있다고 내게 말했다면 그 사람 입을 손으로 막아버렸을 것이다.

나는 또 다른 바이러스 하나가 내게 오고 있다고는 상상조차 하지 못했다. 이름과 성이 있는 몹시 짜증나는 바이러스였다. 게다가 안타깝게도 나와 성이 똑같았다.

관리사무실

|

세상은 위태로울 정도로 빠르게 파멸을 향해 달리기 시작했다.

아버지가 엄마와의 모종의 약속 때문에 밀라노로 오는 중이었다. 그 사이 제노 조르치는 여행 가방을 챙겼다. 물론 어디서 그 가방을 풀지 아직 알지 못했다. 내게 이런 소식을 들은 누나는 제노 조르치가 우리 집 앞에 나타날 확률은 기적이 일어나지 않는 한 거의 없다고 확신했다.

유일하게 기분 좋은 소식은 줄리오 마우로에게서 들려왔다. 그 애가 집을 나갔다! 아 물론 말 그대로 집을 나간 것은 아니었다. 마우로 같은 겁쟁이는 혼자서 횡단보도를 건널 용기도 없을 테니까 말이다. 그는 이사를 갔다.

누나가 그렇게 말했다. 이사를 갔다고. 마우로의 엄마는 하루 종일 병원에서 환자들과 씨름했기 때문에 환자들로부터 아들을 안전하게 보호하기 위해, 또는 이건 내 생각인데, 마우로로부터 환자들을 보호하기 위해 그를 토스카나에 있는 이모 집으로 보냈다고 한다.

불쌍한 마우로 이모, 불쌍한 토스카나.

이야기 시작부터 악당을 무대에서 사라지게 만드는 건 그리 현명한 처사가 아니다. 악당이라고 하기에는 모순적으로 보일 정도의 인간미를 가진 악인, 주인공의 억눌린 측면들을 구체적으로 밝혀낼 뿐만 아니라 주인공이 지닌 사악한 면을 집요하게 파고드는 악인, 그래서 주인공을 도와 어둠에 빛을 가져다줄 그런 악인을 등장시킬 수 없다면 말이다.

제노 조르치 같은 악인은 기대할 만한 게 전혀 없어 보였다. 그에게서 기대할 수 있는 것은 데이비드 코퍼필드 영화에서 우연히 본 심술궂고 사악한 계부의 모습밖에 없었다. 영화에서 주인공은 엄마의 새 남편에게 허리띠로 엉덩이를 맞는다. 하지만 내 엉덩이를 때리기 위해 허리띠를 끄르는 더블 제트의 모습은 내가 자주 꾸는 악몽에 등장하지 않았다. 그가 허리띠를 사용하지 않아도 되는 멜빵바지를 즐겨 입기 때문만은 아니었다. 그보다는 우리 집에 그가 들어오는 게 심리적으로 나를 위축시킬까 봐 그것이 더 불안했다.

나는 그 누구에게도 첫사랑이 아니었다. 나는 로사나 누나 다음에 태어났다. 엄마는 나에 대한 특별한 사랑을 표현하지 않았다. 두 번째로 태어났기 때문에 엄마의 눈에 처음 맞이하는 존재로 비칠 권리를 박탈당했다. 자식들이 많고 죄책감에 억눌린 제노 조르치의 애정 순위에서 나는 아주 아래쪽에 자리했고 사실 순위를 뛰어넘고 싶은 바람조차 없었다. 게다가 그의 존재로 인해 내게 남은 초라한 1위의 자리마저도 위태롭게 되었다. '한 집에 사는 제일 사랑하는 남자'라는 순위에서 내가 차지했던 1위 자리 말이다.

두말할 필요도 없이 나를 1위에 놓아야 할 아버지는 나를 인정하는 데 관심도 없었다. 다른 사람들로부터 아무리 많은 사랑을 받아도 그에게서 사랑을 받지 못해 생긴 자리를 채워주기에는 턱없이 부족했다.

사랑은 받는 것만으로 충분하지 않다. 사랑받는다는 기분을 느낄 수 있어야 한다. 나는 가족들이 주는 한없는 사랑으로 숨을 쉬었지만 내 삶에 아버지라는 구멍이 있어서 그 구멍으로 그 많은 사랑이 모두 빨려 나가버리는 기분이었다. 그래서 나는 자주 질식할 위험에 처하곤 했다.

그러니까, 아버지가 악인의 역할을 맡을 수밖에 없었다.

믿기지 않지만 아버지는 로마에 산다고 했다. 하지만 정말 로마에 산다면 우리 아버지 같은 사람이 나를 자기 집에 데려가지 않을 리가 없다고 생각했다. 아무리 아버지를 플레이스테

이션처럼 조종하는 페데리카가 있더라도.

아버지는 한 달에 두 번, 그것도 매달은 아닌데, 나와 아이스크림을 먹으러 기차를 타고 로마에서 밀라노로 왔다. 그는 항상 약속 시간에 늦곤 했다.

끝도 없이 우울한 그 일요일이면 엄마는 나를 멋지게 차려입히고 카를로 할아버지의 관리사무실까지 데려가 나만 그곳에 남겨두고 얼른 집으로 올라갔다. 아버지를 만나는 게 싫어서였다. 혼자 남겨진 나는 아버지가 올 때까지 할아버지가 들려주는 벌레 이야기를 들어야 했다.

젊었을 때 정원사였던 할아버지는 나비유충, 노래기, 지렁이 등에 대해 모르는 게 없었다. 정원에서 일하며 그런 벌레들과 친구가 되었다고 했다. 그러다가 벌레라면 소름끼치게 싫어하는 여자와 결혼해서 더 이상 벌레들을 만나지 못했다고 한다.

30년 뒤 아내가 세상을 떠났지만 할아버지는 이미 벌레에 흥미를 잃었다. 아내는 세상을 떠났고 그것으로 끝이었지만 할아버지에게는 여전히 끝이 아닌 듯했다. 아내 이야기를 할 때마다 침대시트처럼 큰 손수건으로 코를 풀곤 했다.

변명이란 변명을 다 해도 늦는 이유가 설명이 안 될 즈음 아버지는 갑자기 나타난다. 이해할 수 없는 변명을 우물우물 말하는 사이 나는 그가 낯선 사람처럼 멀게 느껴지기 시작하는데, 그런 느낌은 처음부터 우리 관계를 억눌렀다.

아버지는 금발 미남이었고 매력적인 미소가 얼굴에서 떠나지 않았다. 불행하게도 나는 아버지의 나쁜 면만 닮았다. 지구본처럼 동글동글한 뺨 말이다. 영화배우처럼 멋진 광대 같은 건 전혀 닮지 않았다. 만일 그런 부분을 닮았더라도 나에게 전혀 흥미를 느끼지 못하는 아버지를 용서하지는 못했으리라.

아버지는 나에 대해 아는 게 하나도 없었다. 그래도 나는 아버지가 나에 관한 몇 가지 정도는 기억하리라고 기대했지만 다음 달이 되면 그런 일들을 까맣게 잊어버리곤 했다. 내가 아이스크림 위에 생크림 얹는 걸 정말로 싫어한다는 사실은 밀라노의 담벼락들도 다 안다. 그렇지만 아버지는 매번 이렇게 물었다.

“생크림 좀 얹어 달라고 할까?”

결국 나는 로마에 아침부터 저녁까지 생크림을 입에 달고 사는 다른 아들이 있는데 그 애와 나를 착각하는지도 모른다는 생각을 하기에 이르렀다.

아이스크림은 여러모로 심각한 문제였다. 언제나 콘 밖으로 순식간에 흘러나와서 옷에 지워지지 않는 무늬를 그려냈다. 엄마는 아이스크림이 묻은 옷을 세탁기에 던져 넣을 때면 잊지 않고 한마디 했다. 아버지 손에 너무 오래 맡겨놨다가는 내가 원시인이 될 거라는 잔소리였다.

그 꼴이 된 게 내 책임은 아니었다. 안드레이는 기억에 남을 산책을 하려고 나를 끌고 집 근처의 작은 공원으로 갔다. 산책을 하는 동안 안드레이는 대부분 휴대폰을 귀에서 떼지 않고 사업 이야기를 했다. 주로 팔아야 할 만화와 구입해야 할 만화 이야기였다. 안드레이는 자신이 그 '분야'에서 세계적인 전문가 중 하나라고 자랑했다. 그 말을 할 때 나는 그가 나뭇가지에 웅크리고 있는 모습을 상상했다이탈리아어에서 분야를 뜻하는 ramo라는 단어에는 나뭇가지라는 뜻도 있다. 누나의 말에 따르면 그의 소장품은 엄청난 재산이라고 한다.

로사나 누나에게는 진짜 아버지가 있었는데 내 아버지를 더 좋아했다. 나는 누나가 다른 아버지를 한 번도 만난 적이 없기 때문에 내 아버지를 좋아하는 것일 뿐이라고 생각했다. 안드레이와 함께 성장한 게 누나 인생에서 얼마 되지 않는 특별한 순간이라고 했지만 나는 누나가 하나도 부럽지 않았다.

누나는 내 아버지가 시인이며 고귀한 영혼을 가졌는데 진가를 인정받지 못하는 사람이라고 주장했다. 내가 보기에는 어리바리한 사람에 불과했다. 그때까지 아버지가 성공한 건 달아나는 게 전부였다. 특히 나로부터.

오래 전, 아버지는 내게 설명하느라 시간을 낭비하고 싶지 않은 사람처럼 아무 설명도 없이 급히 떠나버렸다. 나와 부딪히는 위험을 피하기 위해 심지어 다른 도시로 옮겨가기까지 했다. 부부싸움을 할 때면 엄마와 아버지가 셀 수 없을 정도로 많은 접시를 깼지만 아직도 우리 집에는 그릇이 아주 많다. 부부싸움이 아버지가 집에서 도망친 진짜 이유가 아닐지도 몰랐다. 페데리카도 마찬가지다. 아버지와 나, 오로지 우리 두 사람과 관련된 다른 이유가 있는 게 분명했다. 그렇지 않다면 나를 그렇게 내팽개치지 않았을 것이고, 내 생일 선물을 까맣게 잊어버리는 일도 없었을 것이다. 물론 난 그 선물을 별로 좋아하지 않았고 꼭 갖고 싶은 생각도 없었다.

2020년 3월 두 번째 일요일, 아버지가 카를로 할아버지의 사무실 앞에 서 있었다. 믿어지지 않게도 아버지는 정각에 도착했다. 게다가 엄마까지 같이 있었는데 두 사람은 옷깃이 스치지 않게 조심하며 인사를 했다. 바이러스 때문이 아니라도 예전부터 서로 몸이 닿는 걸 피했다.

안드레이가 내게 다가오며 포옹하려고 하자 엄마는 소리를 치려다 겨우 참았다. 아버지는 팔을 들어 주먹으로 인사하는 방법을 거부했다. 하지만 인사하려는 의욕에 넘쳐 주먹으로 내 코를 쳤다. 나는 화가 났고 엄마는 웃었다.

엄마가 아버지에게 앞으로 일주일 동안 등교가 금지되었고, 어쩌면 영영 문을 열 수 없을지 모른다고 말했다. 아버지가 뭐라 대답했는지는 정확히 기억이 나지 않지만 처음으로 아버지와 내 바람이 일치한다는 생각이 들었다.

엄마가 말했다.

"아이들이 하루 종일 집에 있어야 한다니……. 차라리 정신병원이라도 다시 문을 열면 좋겠어."

그러더니 둘이 웃었다. 둘 다 미친 걸까?

엄마가 운동선수처럼 다리를 구부리고 내 눈을 똑바로 바라보았다. 내 윗눈썹에 이가 달라붙어 있어 엄마의 두 눈으로 그걸 쫓아내기라도 할 눈초리였다. 안드레이는 그 자리에 선 채 엄마의 등을 바라보았다.

"마티아, 누나가 너한테 무슨 말을 해줬다고 아는데……."

"무슨 말이요?"

멍청한 척하는 게 내 특기였다.

"내일 모레, 나하고 아빠하고 중대한 결정을 하려고 어떤 사람을 만나러 갈 거야."

"나를 토스카나로 보내려는 거예요?"

태연하게 묻기는 했지만 가슴이 쿵쿵 뛰었다.

"무슨 소리야? 너도 알다시피 엄마 아빠가 오래 전부터 따로 살았잖아."

"당연히 알죠, 엄마. 난 엄마하고 살잖아요."

어른들은 가끔 아주 간단한 사실들도 헷갈린다고 나는 생각했다.

"아직 완전히 결정된 상황은 아니었잖아. 그런데 이제, 그 사람이……."

"엄마가 말하는 사람은 판사야. 그 사람이 이혼 서류라는 것에 엄마 아빠의 서명을 받을 거야."

자신의 결혼이 실패로 끝났다는 설명을 가만히 듣고 있기 힘들었던 안드레이가 텔레비전에 나오는 아나운서 같은 말투로 끼어들었지만 나는 그에게 눈길도 돌리지 않았다. 나는 엄마와 해결해야 할 문제가 있었다.

"그러면 더블 제트가 아빠가 되는 거예요?"

"그게 이 일과 무슨 상관이야?"

엄마는 당황할 때만 나오는 소녀 같은 목소리로 말했다.

"나는 뭐든 바뀌지 않았으면 좋겠어!"

내가 화를 냈다.

"엄마는 지금 그 문제를 이야기하려는 게 아니야."

이번에는 레몬 셔벗 같은 목소리로 말했다. 엄마가 학생들을 훈계할 때 사용하곤 하는 말투였다. 하지만 나는 내 표정 목록 가운데 제일 대담한 눈길로 엄마의 눈동자를 똑바로 쳐다보았다.

"엄마 아빠는 이제 다시는 안 만나요?"

"무슨 말이야, 당연히 만나지. 넌 예전과 똑같이 아빠를 만날 거야. 변하는 건 하나도 없어."

"그러면 뭐 하러 판사에게 가요?"

엄마와 아버지가 서로를 보았다. 잠시 후 엄마가 벌떡 일어나서 육상 챔피언처럼 빠르게 집으로 뛰어 올라갔다. 반면 아버지는 평소와 다름없이 뻔뻔한 얼굴이었다.

"아이스크림 먹으러 갈까, 마티아?"

목소리가 차가웠다.

다행히도 아이스크림 가게는 문을 닫았다. 내려진 셔터 위에 누군가 빨간 글씨가 적힌 노란 쪽지를 붙여 놓았다.

다 잘 될 거야.

엄마가 전날 그와 비슷한 종이를 집에 가져왔다. 마음을 조금이나마 치료해주는 약이라고 했다. 이제 포옹을 나눌 수 없게 되어 그 공허감을 채우기 위한 방법 같았다. 하지만 아버지는 그걸 보며 화를 냈다. 아버지는 모든 게 최악이고 점점 더 상황이 악화되는 일밖에 남아있지 않다며, 서로에게 용기를 주려고 거짓말을 해봤자 다 부질없는 짓이라고 했다.

공원으로 가는 길에는 아무도 없었다. 세상이 대문 뒤로 사라진 듯했다. 그러다가 멀리서 형체를 정확히 알아보기 힘든 뭔가가 나타나더니 차츰 밤색머리를 길게 기른 소녀의 모습으로 변해갔다. 짧은 반바지 차림이어서 맨발의 긴 다리가 눈에 띄었다. 엄마가 거실 테이블에 쌓아놓은 잡지 모델의 시선과 비슷한 뾰루퉁한 눈빛이었다.

누나였다.

내 눈에는 세계 7대 불가사의처럼 보일 정도로 예뻤다. 특히 7대 불가사의 중 내가 아는 딱 하나의 불가사의 같았다. 이런 적막한 오후에 대담하게 공원을 걷고 있다는 것은 집안의 상황이 최악이라는 명백한 신호였다.

아버지가 누나에게 다가가기만 했는데도 뾰루퉁한 표정이 금방 환한 미소로 바뀌었다.

"두 사람이 여기 있을 거라고 생각했어요. 할 말이 너무 많아요, 아빠!"

누나는 아버지 딸이 아니었지만 그를 아빠라고 불렀다. 나는 아버지의 아들이었지만 바로 이 때문에 아버지 이름조차 부르고 싶지 않았다.

누나는 안드레이의 귀에 뭐라고 소곤거렸고 아버지는 제법 심각하게 고개를 끄덕였다. 그렇게 두 사람이 자기들끼리 소곤거리며 말하자 나는 약간 무시 당한 기분이었다. 하지만 내가 느낀 감정은 불쾌함보다는 부러움에 가까웠다. 특히 아버지 쪽이. 나는 누나가 아버지가 아니라 나에게 비밀을 털어놓아 주기를 바랐다.

아버지는 내가 혼자 시간을 보낼 수 있게 휴대폰을 주었다. 해리포터 이마에 새겨진 번개 모양 흉터처럼 깨진 화면 때문에, 수많은 휴대폰 중에 아버지 것이 섞여 있다면 지금도 금방 알아볼 수 있을 것만 같다.

아버지는 벌레들을 잡아 삼키는 게임을 다운로드 해주었다. 카를로 할아버지는 별로 좋아하지 않겠지만 게임은 꽤 흥미로웠다. 게임마저 따분했다면 기분이 더 별로였을 것이다. 다행히 내 엄지손가락이 민첩해서 벌레를 잡아 차츰 큰 벌레로 만들어가면서 두 사람을 살피는 게 가능했다. 계속 소곤소곤 얘기했기 때문에 몇 마디밖에 알아듣지 못했지만 중요한 말들이었다.

더블 제트, 재앙, 집, 바이러스, 엄마, 도주, 침략…….

누나는 남자친구와의 만남이 어떤 방향으로 진행될지도 걱정하는 듯했다. 남자친구 이야기를 하면서 눈에 띄게 목소리가 커져서 드문드문 들리던 대화를 완전히 파악하는 데 성공했다.

누나의 남자친구인 다미아노는 밀라노 외곽 세그라테에 살았다. 누나는 그와 간절히 통화하고 싶었지만 등교 금지가 되기 전날 누나가 받은 형편없는 수학 점수에 대한 책임을 져야 했다. 그래서 엄마가 휴대폰을 압수했는데, 나로서는 그런 행동이 전혀 놀랍지 않았다. 누나의 엄마는 내 엄마이기도 하니까.

안드레이는 누나 마음이 지금 어떨지 너무나 잘 이해하지만, 감정이란 서로 접촉하고 상대의 냄새를 맡으며 생겨나는 것이기 때문에 휴대폰 화면으로 감정을 온전히 전달하기는 힘들다고 대답했다. 내가 보기에는 누나에게 휴대폰을 빌려주지 않을 최고의 핑계였다. 하지만 잠시 후 아버지는 내가 세상에서 제일 큰 벌레가 되어 갈 준비를 하는 바로 그 순간 내 손에서 휴대폰을 빼앗아갔다.

드디어 휴대폰을 쟁취한 누나가 다미아노의 귀에 달콤한 말들을 쏟아내는 동안 아버지는 나를 좀 멀찍이 떼어놓는 게 좋겠다고 생각했나 보다.

"나하고 엄마하고의 이혼 문제는……."

아버지는 내가 아니라 내 머리 위의 허공을 바라보며 입을 뗐다. 적당한 말을 찾는 중이었지만 어디에서 그런 말을 찾아야 할지 고민하는 눈치였다.

조금 떨어져 있는 가로등에서 아버지가 짜증스러워 하던 노란 쪽지들 중 하나가 떨어졌다.

"그래……."

아버지는 땅에서 쪽지를 주우며 말했다.

"다 잘 될 거다."

아버지가 일관성 있는 행동을 보여준 적은 단 한 번도 없었다.

그날 저녁 나는 소파에 아무렇게나 누워서, 바이러스 때문에 텅 빈 경기장에서 FC 인테르나치오날레 밀라노가 시즌 1위 팀과 벌이는 축구 경기를 보았다. 피치포가 내 배 위를 왔다 갔다 했다. 경기 결과를 보니 피치포와 함께 일찍 자는 게 더 나았을 뻔했다.

다음 날 저녁은 살면서 가장 고통스럽게 기억될 저녁이었다. 모든 일은 예상치 못한 선물과 함께 시작되었다. 욕실에서 열다섯 번째로 손을 씻고 있는데 누나가 제노 조르치가 그의 엄마 집에 가서 가방을 풀었다는 소식을 전해주었다. 그가 아직 결정적인 승리를 한 것은 아니고 그저 뭔가를 기다리며 시간을 벌기 위한 휴전에 불과하다고 전략가인 누나가 말했다.

저녁 식사를 마치자마자 인테르 경기 대신 거실 텔레비전에는 한 신사가 등장했다. 신사의 상의 윗주머니에서 삐쭉 튀어나온 게 내 눈에는 냅킨 같았다. 나는 거의 이해할 수 없는 지루한 설교가 절정에 달했을 때 그가 말했다.

"오늘 거리두기를 유지하면 내일 더 힘껏 포옹할 수 있습니다."

"그럼 내일 우리가 포옹할 수 있어?"

누나에게 물었다.

"마티아, 저건 일반적인 내일을 말해. 일주일 후일 수도 있고, 한 달, 일 년 뒤 일수도 있어."

그렇지만 냅킨을 꽂은 남자는 정말 '내일'이라고 말했다. 나는 모든 남자들이 어른이 되기만 하면, 아버지처럼 아무 의미 없는 말을 한다고 생각했다.

그때 엄마의 휴대폰이 환하게 켜졌다. 나는 순식간에 누구 전화인지 알아차렸다.

"어떻게 그럴 수가 있어, 호텔이 문을 닫았다고? 그럼 로마로 돌아가는 게 어때? 거기가 당신 집이잖아. 집에 가는 걸 막을 수는 없을 텐데……."

엄마는 누나와 내가 듣고 있다는 것을 알아채고 목소리를 줄이며 거실을 나갔다. 다시 돌아왔을 때는 적절하게 표정관리를 해서 미소를 띤 얼굴이었지만 레몬 셔벗 같은 그 목소리와는 끔찍하게 부조화를 이루었다.

"얘들아, 들었지? 세상이 다 문을 닫았어. 사무실, 공장, 학교, 법원……. 엄마 이혼도 연기가 됐어."

"오늘 거리두기를 유지하면 내일 더 힘껏 포옹할 수 있어요."

누나가 농담을 했지만 엄마는 누나의 말을 못들은 체하며 내 쪽으로 눈을 돌렸다.

"마티아, 네 아빠가 조금 더 밀라노에 머물기로 했어. 상황을 봐서 결정하려고……."

"엄마가 하고 싶은 말을 하세요. 어쨌든 아빠는 용기가 있네요."

누나가 끼어들었다.

"모두들 밀라노에서 도망치고 있어요. 지난 밤 남부로 가는 기차들을 습격했다고요!"

"장담하는데 아마 한 시간만 지나면 아빠 생각이 바뀔 거야. 게다가 아빠가 묵는 호텔이 문을 닫았으니 다른 숙소를 찾아야겠지? 아빠 같은 사람에게는 너무 복잡한 일이야."

"우리 집으로 오시라고 하면 어때요?"

누나가 이 세상에서 제일 자연스러운 일이라도 되듯 불쑥 말했다.

"얘는, 무슨 말이야!"

엄마가 화를 냈다.

"그렇게 한다고 치자. 아빠를 어디서 자라고 할 거니?"

"지금 엄마가 앉아 있는 소파에서요."

사악한 누나가 대답했다.

"혹시 다른 사람이 벌써 예약해놨나요?"

엄마가 반박하려 했지만 말이 목에 걸려 나오지 않자 즉시 나를 향해 말을 돌렸다.

"마티아, 넌 아빠가 우리에게 와서 며칠 머무는 거 좋아?"

"우리에게가…… 우리 집이란 뜻이에요?"

내가 머뭇머뭇 물었다.

"누나 말 못 들었어?"

"좋지 않아요. 정말 눈곱만큼도 안 좋아요!"

방금 더블 제트의 공격을 겨우 막아냈는데 이제 지평선에 더욱 무시무시한 위협이 모습을 드러냈다. 우리는 공격을 받고 있었다. 피치포가 그르렁거리기 시작했다. 나는 내 편을 들기 위해서라고 생각했다.

나는 벌떡 일어나서 내 방으로 달려가 퍼프의 인조털에 파묻혔다. 인생이 내가 원하는 답을 주지 않을 때마다 나는 가장 친한 친구가 곧바로 대답해주길 바랐다. 퍼프에 몸을 던지자마자 퍼프가 마음으로 내게 말을 하기 시작했다. 아버지가 침범하는 게 바이러스만큼이나 불행한 일이 될 거라고 말했다. 퍼프는 집안에 아무도 들이지 않는 게 제일 현명한 해결책이라고 생각했다. 만일 우리가 안드레이와 더블 제트 중 한 사람을 선택할 수밖에 없다면 줄리오 마우로의 이모가 사는 토스카나로 옮겨간다는 가정도 진지하게 생각해보면 좋겠다고도 말했다.

그러니까 우리를 포함해 수백만의 삶을 바꿔놓은 그날 밤, 밀라노의 작은 아파트 3층 복도의 두 번째 방에서 이게 우리가 내린 결론이었다.

주방

영웅에게는 새로운 세상과 마주하기 위해 익숙하고 안전한 곳을 떠나야만 하는 순간이 반드시 찾아온다. 어느 순간 누군가 또는 무엇인가가 모험을 떠나라고 등 떠밀지만 처음에는 머뭇거린다. 낯선 세상으로 들어가 그 세상과 마주한다는 게 두렵기 때문이다. 그는 지금 살고 있는 곳에 그냥 머무르고 싶다. 지금 사는 방식대로 그냥 살고 싶다.

변화를 위해서는 집중과 에너지가 필요하지만 아직은 보통 사람에 가까운 그는 자신의 잠재력을 알지 못하고 최소한의 저항으로, 최소한의 비용을 들여 태세를 가다듬고 기다리는 편을 선택한다. 그러다 결국 발밑의 회오리가 몰아쳐 어쩔 수 없이 '점프'를 하고 그런 상황이 아니었으면 드러나지 않았을 성격의 단면들을 자신과 다른 사람들에게 드러내게 되는 것이다.

3월 10일, 이제 거리에 나갈 수 없다는 사실을 새롭게 의식하며 잠에서 깬 그날 아침, 나 역시 '점프'를 해야 했고 낯선 세상에 착륙할 수밖에 없었다. 그곳은 다름 아닌, 참기 어려운 아버지가 있는 데다 절망적이게도 달아날 길도 없는 우리 집이었다.

나는 최신 정보를 얻고 싶었지만 엄마 방과 내 방 사이에 두꺼운 벽이 있어서 뭔가를 탐색하기가 쉽지 않았다. 어쩔 수 없이 엄마의 생일 선물인 '큰 귀'의 포장을 풀었다.

'큰 귀'를 엄마 방문에 가까이 가져가기만 했는데도 엄마의 목소리가 놀랄 만큼 선명하게 헤드폰으로 쏟아져 들어왔다. 엄마는 더블 제트와 통화 중이었는데 무슨 대화가 오가는지 금방 알아차릴 수 있었다.

"며칠 동안만 집에 와서 머물 거라고 말했잖아요. ……지금 무슨 이혼이에요! 법원이 문을 다 닫았고 여름 전에 다시 열리게 될지 아무도 몰라요. ……별거하는 부부가 한 지붕 아래서 지낼 수 없는 거예요? 제노, 우리가 얼마나 긴박한 상황인지 알잖아요. 이런 시기에 아들과 멀리 떨어져 있으면 안 되겠다는 생각이 든다고 하더라고요. 그 말을 한 사람이 안드레아가 아니었다면 난 아마 그 말을 믿었을 거예요. ……내가 도대체 뭘 알고 있다는 거죠?! 내 생각에는 같이 사는 그 여자…… 그래요, 페데리카가 지금 로마로 돌아오면 격리를 시키겠다고 으름장을 놓은 것 같아요. 지금 밀라노에서 오는 사람은 누구든 바이러스 감염자 취급을 받으니까요. ……당신은 어머니 댁에 있을 거죠? 어린이 침대로 다시 돌아가는 거예요? ……놀리는 거 아니에요. 물론 보고 싶죠. 슈퍼마켓 앞에서 봐요. 두 시에 만나요. 그 때쯤이면 줄이 그렇게 길지 않을 거예요…….”

나는 어린아이의 논리로 집요하게 생각해보았다. 그러니까 아버지는 나하고 함께 지내고 싶어서가 아니라 동거녀가 아버지와 같이 있기를 꺼려서 우리 집에 오기로 결정한 셈이었다. 그리고 엄마는 내가 아버지와 처음 집에서 만나는 날, 내 곁에 있는 게 아니라 나를 내팽개치고 다시 어린아이처럼 살기 시작한 남자와 슈퍼마켓 판매대 사이에 몸을 숨길 준비 중이었다.

내가 방으로 들어오자마자 퀸의 <Another One Bites the Dust>의 첫음절 같은 박자로 문을 두드리는 소리가 들렸다.

나와 누나 사이의 암호였다.

“이야기 좀 할 수 있니?”

로사나 누나가 이렇게 묻더니 침대 가장 자리에 앉았다. 헝클어진 머리를 고무줄로 대충 묶고 구름만 잔뜩 그려진 수수한 잠옷을 입고 있기는 했지만 누나는 너무나 예뻤다.

“그러니까, 나 빼고 다 같이 결정한 거야?”

“그렇게 생각한다면 네가 아빠에게 전화해서 오지 말라고 말해.”

“누나 휴대폰이 없는데 어떻게 전화해? 그리고 아빠라고 부르지 마."

"네가 아빠라고 부르면 나도 다시는 그렇게 안 부를게."

"난 그 사람을 어떤 식으로도 절대 부르지 않을 거야, 오케이?"

"마티아, 난 네가 오케이라고 하는 거 싫어."

"그러니까 그 사람이 우리 집에 왜 오고 싶어 하는지, 이제 모두 그 이유를 안다고."

"모두라니, 누구?"

"나하고 퍼프하고 피치포. 우릴 바보로 아는 거야? 누나는 남자친구하고 수다 떨기 위해 그 사람 휴대폰이 필요하다는 거 너무 잘 알고 있다고!"

"조그맣게 말해, 엄마가 저쪽에 계셔……."

"엄마한테는 아무 말도 안 할 거야, 안심해!"

"알아, 마티아……. 너와 나는 등과 등을 맞댄 한 편이야."

누나와 내가 좋아하는 말이었다. 저 마녀는 내 마음을 움직이려면 어떻게 해야 하는지 너무 잘 알고 있다.

"그런 결정이 너를 위해서도 좋다는 거 몰라?"

누나가 계속 말했다.

"아빠가 주위에 있으면 더블 제트를 다시 만날 일도 없어지는 거야."

"아니, 다시 만나게 될걸."

"무슨 소리야, 바보 같은 소리 하지 마. 아빠는 기껏해야 이틀 머물 거야. 다른 곳으로 가려고 준비할 시간이 필요한 거지. ……아마 얼마 지나지 않아 다 끝날 거야, 알지?"

"엄마도 그 사람을 참지 못할걸."

"엄마 아빠는 오래 전부터 안 싸워. 지금 다시 싸우면 좋겠니? 게다가 아빠는 영웅이야."

"그 사람이 영웅이라고? 그 사람은 바이러스 때문에 페데리카에게서 달아나고 있는 중일 뿐이야. 누나의 늙은 남자친구 때문에 누나도 바보가 됐어!"

"다미아노가 늙었다니. 겨우 열여덟 살밖에 안됐어!"

"그러니까."

"그래, 좋아. 내가 분명히 말할게. 아빠가 여기 있다는 걸 알면 페데리카도 기분이 좋지 않을 거야. 하지만 아빠는 지금 같은 시기에 우리 곁에 있기 위해서 페데리카와 말다툼하는 것쯤은 각오하고 있다고. 내 말 알아듣겠어, 마티아?"

나는 결국 누나에게 설득 당했다.

아니, 솔직히 말해 난 전혀 설득되지 않았지만, 어떻게 누나에게 아니라고 말할 수 있을까? 그때 누나는 지금도 믿을 수 없을 정도 뿌루퉁한 얼굴이었다. 이미 난 누나에게 꼼짝하지 못했다. 내가 슬플 때마다 항상 달려와서 나를 안아주는 사람이 바로 누나였으니까. 적어도 팬데믹 이전에는 그랬다.

"누나, 나 안아주면 안 돼?"

"그럴 수 없어, 그러면 안 돼……. 그래도 네가 원하면 팔꿈치끼리 부딪힐 수는 있어."

"있잖아, 정말 내가 바이러스에 감염되고 싶다면……."

"'감염된다면'이라고 해야지, 마티아."

"……누나에게 감염되고 싶어."

누나가 웃음을 터트리더니 머리를 다른 데로 돌리게 하고 나를 꼭 안아주었다.

"좋아, 집에 들어오라고 해."

나는 큰맘 먹고 허락했다.

"바이러스? 아니면 아빠?"

"이틀 이상은 안 돼……."

"마티아, 네가 스스로 그런 결정을 하게 돼서 기뻐! 저쪽에 가서 인사하는 게 어때? 5분 전에 도착하셨어."

아버지는 주방 한가운데에, 떨떠름한 표정으로 바퀴가 하나 빠진 여행 가방을 들고 서 있었다.

엄마는 아버지의 머릿속도 지금 아버지 모양새처럼 엉망이고 뒤죽박죽이라고 말하고 싶었던 것 같지만, 그렇게 말하는 대신 아버지에게 눈짓을 보냈다. 그러자 아버지가 보통 때 우리가 식사를 하는 주방의 식탁에 낡은 배낭을 올려놓으며 말했다.

"안녕, 챔피언."

웃으며 말했는데 입을 겨우 벌린 것으로 보아서 억지웃음을 짓기가 어색한 모양이었다.

"왜 스파이더맨 가면을 쓰고 있는 거니?"

나는 대답을 하지 않았다. 대답을 하려면 내 얼굴을 보여주기 싫어서 가면을 썼다고 솔직히 말해야 했을 테니까.

"집에서는 가면 쓰지 않아도 안전해."

로사나 누나가 농담을 했다. 누나는 변화된 상황을 누구보다 여유롭게 받아들였다.

"멋진 가면인데!"

안드레이가 침묵을 견딜 수 없는 듯 계속 말했다.

"누구에게 선물 받았니?"

"아버지요."

내가 말했다. 누구라도 그런 대답을 들었으면 창피해서 쥐구멍에라도 숨고 싶었을 테지만, 그는 자신이 한 약속을 잊었는지 농담까지 하며 위기를 넘겼다.

엄마는 주방의 작은 칠판에 일종의 동거 규칙들을 적기 시작하며 이 상황을 빠르게 정리하려 했다. 이틀 전 관리사무실 앞에서 아버지에게 보여주었던 친절한 분위기는 사라졌다. 지금은 흩어진 내 장난감을 제자리에 놓으면서 이렇게 어지르면 안 된다고 야단칠 때와 똑같이 짜증이 묻어나는 목소리로 말했다.

안드레이는 나와 로사나 누나가 사용하는 욕실을 사용해도 좋다는 허락을 받았다. 그의 물건을 칫솔 하나라도 놓아두지 않고 욕실을 사용하기 전과 똑같이 해놓는다는 조건이었다. 옷의 경우, 엄마가 그릇장을 비워줄 테니 절대 주방 밖에서 옷이 보이면 안 된다고 했다. 안드레이는 나머지 물건들은 가방 안에 넣어둘 수밖에 없으니 가방을 눈에 띄지 않게 식탁 밑에 놓게 해달라고 부탁했다.

이제 우리의 주방은 그의 사무실이 될 예정이다. 로사나 누나 방을 제외하고 와이파이가 되는 유일한 장소이기 때문이기도 했다. 그 결과 우리는 이제 식탁에 둘러 앉아 모두 함께 식사를 하는 게 아니라 거실 텔레비전 앞에서 각자 자기 식사를 하게 될 것이다.

그나마 나쁘지 않은 소식은 그것 하나였다. 내 위가 코끼리 위라도 되는 것처럼 엄마는 매번 너무 오래 삶아 푹 퍼진 파스타를 접시에 산더미처럼 담아 주었다. 그것을 다 해치우고 나서도 더 식탁에 앉아 있어야 하는 게 짜증났었다. 나중에서야 함께 먹는 식사 시간이 우리를 가족으로 정의하게 만드는 의식이자 엄마가 침입자인 아버지로부터 지켜내고 싶어 했던 의식이었다는 것을 알았다.

동거의 마지막 규칙으로 안드레이는 밤에만 거실로 나와 소파 침대에서 잠을 잘 수 있었다. 다음 날 아침에 눈을 뜨자마자 혹은 단잠에 빠져있더라도 7시 30분이 넘지 않게 소파 침대를 다시 원상태로 돌려놓는다는 조건이었다.

"거실은 내가 제일 좋아하는 곳이란 말이에요!"

스파이더맨이 반박했다.

"이기적으로 굴지 마, 마티아. 주방에 소파 침대를 들여놓을 수는 없잖아."

누나가 끼어들었다.

"엄마."

누나가 잠깐 생각에 잠겼다가 말을 이었다.

"아빠가 주방에서 일하면 엄마는 컴퓨터를 어디서 사용할 거예요?"

"네 방에서."

"말도 안 돼요!"

"잘됐는걸!"

스파이더맨이 약 올리며 복수를 즐겼다.

"마티아, 가면 벗어. 신경질 나려고 해!"

누나가 소리쳤다. 문 앞에 내 보디가드가 나타나지 않았다면 상황은 점점 더 최악으로 치달았을 것이다.

피치포였다.

피치포가 아버지 쪽으로 가서 등을 구부리고 숨을 몰아쉬었다. 갑자기 공격을 당한 침입자가 한 걸음 뒤로 물러나다가 식기세척기 모퉁이에 발목을 부딪쳤고 재채기를 시작했다.

그 자리에서 동거 규칙이 하나 더 늘었다. 피치포는 새로운 명령이 내려질 때까지 내 방에만 있어야 했다. 다시 말해, 안드레이가 우리 집 타일에 콧물과 침방울을 튀기지 않고 코를 푸는 법을 배울 때까지였다. 안드레이가 고양이 알레르기가 있듯 나는 그에게 알레르기가 있었다.

아버지와의 동거가 시작된 뒤, 나는 온종일 침대에서 피치포를 쓰다듬으면서 하루를 보냈다. 그와 마주칠지도 모른다는 두려움 때문에 방 밖으로 나갈 볼 엄두도 내지 못했다. 갑자기 우리 집이 낯설게 느껴졌다. 딱 한 번 주방 근처를 지나다가 열려 있는 주방문 사이로 언뜻 그를 보았다. 그는 해리포터 휴대폰을 귀에 딱 붙인 채 이리저리 걸어 다녔다. 그가 인사 표시로 한 손을 들었지만 그렇게 하다가 싱크대 위에 붙은 식기 건조대에 손을 부딪쳤다.

엄마는 2시 무렵에 사라졌는데 여러 시간이 지난 뒤 어두운 얼굴로 돌아왔다. 스테이션왜건 짐칸에는 물건이 잔뜩 든 친환경 비닐 봉투가 한가득이었다. 엄마는 장을 보러 갈 때마다 다시는 슈퍼에 가지 않을 사람처럼 물건을 사온다. 식재료가 바닥나서 우리 모두 부활절이 오기 전에 굶어 죽을지도 모른다고 생각하는 게 분명하다.

누나는 컴퓨터와 함께 오후 내내 방에서 꼼짝하지 않았다. 누나에게서 휴대폰을 압수했을 때 엄마는 누나가 휴대폰 화면이든 컴퓨터 화면이든 전혀 상관없이 세상과 소통이 가능하다는 사실을 간과했다. 아니면 컴퓨터가 휴대폰보다는 덜 위험하다고 생각하면서 휴대폰을 압수했는지도 모른다. 하지만 나는 엄마의 복잡미묘한 마음을 꿰뚫어보기에는 너무 어렸다.

아버지는 욕실 앞에서 나를 기다렸다가 냉장고에서 생크림을 발견했다고 말해주었다. 나는 할 말을 잃었다.

동맹군이 필요했다.

그 당시 어린이들은 자기만의 휴대폰을 가지고 있지 않았다. 아홉 살이던 나는 어른의 휴대폰을 이용하지 않고는 내가 좋아하는 사람과 대화할 수조차 없었다. 나는 집안에서 최소한의 사생활도 지키지 못한 채 어린 시절을 보낸 마지막 세대였다.

그날까지는 그것이 별 문제라고 생각하지 않았지만, 이제 봉쇄 조치의 첫 번째 결과를 생각해 보아야만 했다. 텔레비전에서는 '봉쇄'라는 단어를 무서운 음의 외국어를 사용해서 '록다운lockdown'이라고 부르기 시작했다. 그 결과 젬마 할머니와 이야기를 나누기 위해 한 층만 올라가는 일마저도 누군가 금지해버렸다. 내 의사는 전혀 중요하지 않았다.

당당하면서도 활기찬 고래처럼 유쾌하고, 수술하는 외과 의사처럼 정확하게 단어를 사용하는 할머니를 보면 나는 마음이 놓였다. 할머니는 적절하게 조화를 이룬 어휘들로 미묘한 뉘앙스까지도 표현해냈다.

최근에는 할머니 귀가 잘 안 들렸다. 그래서 엄마는 할머니와 큰소리로 통화하곤 했다. 엄마 방에서 엄마와 할머니가 통화하는 소리가 들리자 나는 신이 나서 살금살금 엄마 방 가까이로 갔다.

"엄마, 만나는 건 너무 위험해요."

엄마가 소리치는 중이었다.

"우리 모두 바이러스에 전염되지 않고 안전하려면 최소 2주

정도는 집밖으로 나가서는 안 돼요. 필요한 물건을 사러 가고 싶다고요? ……아, 그건 카를로가 알아서 할 거예요. 그렇지만 카를로를 집안에 들이면 안돼요, 네…… 뭐라고요? 맞아요, 안드레아가 왔어요."

별안간 엄마가 목소리를 낮췄지만 할머니가 엄마 말을 못 알아들은 게 분명했다. 엄마는 다시 크게 이야기할 수밖에 없었다.

"알잖아요, 엄마. 그 사람은 자기 애인이나 일과 떨어져 있는 건 가능해도 수집한 만화들과는 절대 떨어져 있을 사람이 아니에요. 그래서 웬일인지 이해가 되지 않아요. 마티아 때문에 여기 머무는 거라고 하더라고요. 엄마는 그 말을 믿어요? …… 아니요, 실제로 그 사람이 뭔가 숨기는 게 있을걸요. ……그 사람이 내게 했던 많고 많은 거짓말을 다 잊어버렸네요. 그때 기억나세요? ……맞아요, 바로 그거요!"

신나게 통화하던 엄마는 내가 듣고 있다는 걸 알아차리고는 자세를 바꾸듯 자연스럽게 화제를 돌렸다. 나는 기회를 잡자마자 엄마 손에서 휴대폰을 빼앗아 내 방문을 닫고 할머니의 목소리를 들었다.

할머니의 목소리를 듣자마자 나는 보고 싶다고, 두 눈으로 할머니를 바라보고 온몸으로 꼭 끌어안고 싶다고, 아버지는 괴물이어서 그로부터 스스로를 보호해야 한다고, 그래서 두렵다고, 마음에 담아둔 말을 쏟아냈다. 젬마 할머니 앞에서 나는 언제나 경계를 늦추었고 껍질을 벗고 속살을 드러낼 수 있었다. 할머니가 내 방패가 되어주었으니까. 할머니는 겁낼 필요가 없다며, 사랑의 반대말은 증오가 아니라 두려움이라는 말을 몇 차례나 했다. 그리고 엄마에게 의지하라고 덧붙였다.

"기사처럼 엄마 곁에 있어. 그리고 요정을 믿듯이 엄마를 믿어야 해."

할머니가 그렇게 말했다. 내가 할머니의 말을 잘 이해하지 못할 때에도 내 안의 누군가가 나 대신 그 말을 이해한다는 기분이 들었다.

나는 할머니의 충고를 따르고 싶었지만 엄마는 기타 등등의 일로 너무 바빠서 내게 신경 쓸 시간도, 겨를도 없었다.

저녁에 거실에서 <해리포터> 1편을 텔레비전으로 보며 버터에 버무린 펜네 파스타를 혼자 먹고 있자니 내가 꼭 해리포터가 된 기분이었다. 바보들에게 둘러싸인 채 정체를 숨긴 마법사 말이다.

다행히 내 방은 계단 밑의 그의 방보다는 조금 더 편안했다. 나는 이불 위에 몸을 던졌고 피치포가 내 몸을 따뜻하게 해주기 위해 천천히 다가왔다.

피치포는 신경질적이고 상황에 따라 까다롭기도 하지만 스스로에 대한 자부심도 강한 고양이였다. 침대 위로 날렵하게 점프하는 피치포의 모습은 '거의' 완벽했다. 가끔 거리 계산을 잘못해서 바닥으로 고꾸라지는 경우도 있긴 했지만 말이다. 그러나 그때 절대 웃으면 안 된다. 그랬다가는 장롱 밑으로 사라져 몇 시간이고 나타나지 않을 테니까.

다행히 그날 밤은 실수하지 않았다. 피치포는 침대에 무사히 착륙한 뒤 가벼운 걸음으로 내 쪽으로 와서 푹 꺼진 내 배 위에 자리를 잡았다. 나는 피치포의 따뜻한 팔로 몸을 녹이며 이것도 곧 금지되는 건 아닐까 걱정했다. 그러면서 엄마가 와서 잘 자라는 인사를 하며 마지막 의식을 거행하길 기다렸다.

바이러스가 유행하면서 엄마는 민간요법으로 만든 강장제를 내 입에 다섯 방울씩 떨어뜨리곤 했다. 엄마는 그 강장제를 '용기의 나무'에서 직접 추출했다고 말했는데 나는 엄마를 기쁘게 해주려고 그 말을 믿는 척했다. 용기의 나무는 아파트 마당 한가운데에 서 있는 나무로, 천 개의 다리 중 천 번째 다리처럼 연약해서 과소평가되었다.

잠시 뒤 내 방에 들어온 엄마는 여느 때처럼 내가 들려주는 동화를 듣기 위해 침대 가장자리에 앉았다. 엄마는 상상력 비슷한 게 하나도 없어서 우리 둘의 역할이 바뀌었다. 내가 잠들 때까지 엄마가 내 이야기를 듣고 내가 말을 했다.

내가 엄마에게 들려주는 최근 걸작은 로사나 누나가 크리스마스 때 컴퓨터에 불법 다운로드 해놓은 <스타워즈>에서 영감을 받은 <스타비스킷>이었다. 헤이즐넛 웨이퍼 봉투에 실수로 미끄러져 들어간 꼬마 비스킷의 모험이었다.

두 번째 이야기에서부터 꼬마 비스킷은 웨이퍼들에게서 도망쳐서 어떤 '이유'를 찾아 카페라테은하 거리를 이리저리 돌아다닌다. 꼬마 비스킷은 파이를 만나든, 시리얼을 만나든 거리에서 누구를 만나든 같은 질문을 했다.

"당신이 태어난 이유는 뭐지요?"

'모두 이 세상에 이유를 가지고 태어나잖아, 그렇지 않으면 우리가 왜 태어났겠어?' 꼬마 비스킷이 생각했다.

이야기가 잠과 뒤섞여 잦아들 때쯤 밖에서 들리는 인기척에 엄마가 침대에서 일어나 방문을 열었다. 엄마 등 뒤로 선명한 곰 그림자가 나타났다. 그 곰은 고양이에 끔찍한 알레르기가 있어서 재채기를 겨우 참고 있었다.

"가만히 있어. 안 그러면 창문 밖으로 던져버릴 거야!"

엄마가 문 앞에서 작은 소리로 아버지를 위협했다. 잠시 뒤 엄마는 침대 옆으로 다가와서 아버지가 내게 잘 자라는 인사를 하러 왔다고 알렸다.

순간적으로 엄마에게 대답하고 싶은 유혹을 느꼈지만 겨우 억눌렀다. 무엇보다 이미 눈을 슬쩍 감은 채 잠이 든 척 깊게 숨을 내쉬는 중이었다.

"마티아, 자는 거야, 아니면 그냥 자는 척하는 거야?"

엄마가 나를 살폈다. 나는 엄마의 의심을 피하기 위해 눈을 완전히 꽉 감고 입을 벌리고 물고기가 뻐금거리는 모양을 살짝 흉내 냈다. 엄마가 텔레비전 앞에서 잠들었을 때 보았던 그런 입모양이었다.

엄마가 속아 넘어갔다. 아니 어쩌면 그냥 속는 척했는지도 모른다. 엄마는 딱 벌어진 내 입에 약병에 든 용기의 액체 다섯 방울을 떨어뜨리고 이불을 잘 덮어준 뒤 살금살금 방에서 멀어졌다. 안드레이도 엄마를 따라 멀어졌다. 카펫을 스치는 그의 슬리퍼 소리가 들렸다. 곧이어 뭔가에 부딪히는 소리가 나더니 신음 소리가 이어졌다. 깜깜한 어둠 속에서 걷다가 뭔가에 부딪힌 게 틀림없었다.

"온 집안이 당신에게 적대적인데?"

엄마가 웃음을 참으며 말했다.

이런 상황에서도 웃을 수 있다니, 엄마가 부러울 따름이다. 엄마는 아버지에게 주방 밖으로 얼굴도 내밀지 말라고 소리치더니 내 방에 데려왔을 뿐만 아니라, 엄마와 나만의 은밀한 취침 의식을 이방인과 함께 하려고 했다. 물론 그 이방인을 우리 둘 다 잘 알기는 하지만 말이다. 갑자기 인생이 내가 통제하기 힘든 부당한 일들의 연속 같은 느낌이 들었다.

엄마와 아버지가 완전히 사라진 걸 확인하고 나는 침대에서 뛰어내려 퍼프에 다가갔다. 세상이 왜 옳은 방향으로 돌아가지 않는지, 그 이유를 퍼프에게 물어보고 싶었다. 퍼프는 아무 말이 없었다.

잠깐이지만 나는 퍼프도 잘못된 방향으로 가버린 게 아닌지 두려웠다. 사실은 그저 내가 그 위에 앉는 걸 잊어버렸을 뿐이었다. 내 엉덩이와 접촉을 하자마자 내 절친한 친구가 말을 했다. 퍼프는 요약하는 재능이 없고 우리 만남은 아주 은밀했기 때문에 그가 한 말 중 가장 중요한 부분을 내가 요약하려 한다.

"가끔 인생은 오르막길과 비슷해."

퍼프가 말했다.

"올라가다가 벽에 부딪히는 오르막길 말이야. 그러나 현실은 다행히 우리가 공포 속에서 상상하는 것처럼 그렇게 무시무시하지만은 않아."

퍼프는 바깥세상이 우리를 좋아하지 않는다면 이 방 안에서 우리들만의 새로운 세상을 만들면 된다고 결론을 내렸다. 우리는 아무도 필요하지 않았다.

나는 피치포의 목을 껴안았다. 피치포의 따뜻한 품에서 퍼프에게도 목이 있을지 혼자 궁금해 하다가 잠이 들었다.

발코니

영웅에게는 언제나 목적이 있어야 한다. 영웅은 그에게 없는 혹은 빼앗긴 무언가를 찾아서 여행을 떠난다. 그는 완벽해지길 원치 않는다. 완전하게 돌아오기를 열망할 뿐이다.

내 경우 이 '무언가'는 아버지의 사랑이었다. 아버지에게 아들로 인정받고 있다고 느끼면, 말을 타고 폭풍이 몰아치는 위태로운 어떤 곳으로 달려가는 기분을 떨쳐버리고 마침내 내가 어디에 있든 제자리에 있다고 생각할 수 있으리라.

사람들의 깊은 상처는 어찌나 음흉한지, 표면적으로만 절박해 보일 뿐인 다른 요구들 뒤에 숨기를 좋아한다.

아침에 눈을 뜨자 난 엄마에게 안기고 싶은 충동을 참기 어려웠다. 대개는 엄마가 먼저 내 방에 와서 이불을 걷어내면 내가 조금만 더 자게 해달라고 애원하고 엄마는 빨리 일어나라고 협박하며 전투가 벌어졌다. 그럴 때 내 소원은 요리사들이 나오는 텔레비전 프로그램처럼 수업이 정오에 시작되는 것뿐이었다. 그러나 이제 하루하루가 갑자기 무미건조한 일요일이 되어버려 엄마와 나 사이에 할 말이 거의 없어져버렸다.

나는 엄마가 로사나 누나 옆에 앉아 있기를 기대하며 주방으로 달려갔다. 언제나 그랬듯이 누나에게 학교에 늦을 거라고 야단을 치며 재촉하는 엄마를 보고 싶었다.

하지만 이제 학교에 가지 않아도 되어서 로사나 누나는 아직도 자고 있었다. 엄마도 없었다. 엄마의 의자에 침입자가 당당하게 앉아 있었다.

안드레이는 빛바랜 티셔츠를 입었는데 어깨가 넓고 구부정했다. 코에는 반창고를 붙이고 있었고(지난 밤 내 방에 침입했던 흔적이 분명했다) 머리는 엉망으로 헝클어져 있었다.

"주스 좀 마실래, 챔피언?"

그는 컴퓨터에서 눈도 돌리지 않은 채 내게 인사를 했다.

지금껏 나는 구토를 세 번 해보았다. 첫 번째는 밤이었는데 여러 차례 구토를 했다. 우리 집에 막 침입한 그 사람보다 전염력이 훨씬 약한 바이러스 때문이었다. 두 번째는 오후였는데 산에서였다. 배가 차가웠고 내 등산화에는 눈이 수북했다. 세 번째는 어느 날 아침 자동차 안에서였는데 오렌지 주스가 내 뱃속에 이미 들어가 있던 차가운 우유 한 컵과 충돌했기 때문이었다. 이 은밀한 세 가지 비극 가운데 아버지가 아는 비극은 하나도 없었다.

"주스 마시면 토해요."

차가운 목소리로 말했다. 나는 지원군을 찾으려 눈을 돌렸고 마침내 찾아냈다. 벌써 옷을 다 차려입고 결혼식 직전의 신부처럼 머리를 완벽하게 손질한 엄마가 텔레비전 앞에서 커피를 마시고 있었다.

"내 쿠키 있어요?"

엄마에게 물었다.

"잘 잤니? 아, 슈퍼마켓에 쿠키가 다 떨어졌어. 대신 타르트 사왔어."

"초코 시리얼은요?"

"그것도 다 떨어졌더라."

나는 바이러스가 나와 입맛이 똑같은 괴물이라고 생각했다. 초코 시리얼과 쿠키를 먹으며 그 부스러기를 사방에 떨어뜨리는 괴물.

엄마는 아나운서가 귀가 따갑게 전하는 걱정스러운 뉴스를 내가 듣지 못하도록 텔레비전을 껐다. 그리고 주방에 되도록 가까이 가고 싶지 않은 마음을 누르면서 우유를 데워 주려 내가 있는 쪽으로 왔다. 그제야 나는 가스레인지 위에 놓인 노란색의 커다란 모카 포트를 발견했다. 오래전부터 보이지 않던 물건이었다. 보통 때 집에서 커피를 마시는 사람은 엄마밖에 없어서 아주 작은 은색 포트를 사용했다. 아버지가 돌아오자 엄마는 어쩔 수 없이 큰 포트를 꺼내야만 했다. 아버지는 큰 컵에 담긴 커피를 단숨에 마셔버리더니 <석양의 무법자>의 악당처럼 다리를 꼬았다.

아침 식사를 마치고 엄마가 내게 마스크를 쓰고 공원에 잠깐 나갔다 오자고 제안했다. 난 나가고 싶은 생각이 전혀 없었지만, 아버지와 이 집에 남겨지느니 엄마와 있는 게 훨씬 좋아서 가겠다고 대답했다.

"네가 괜찮다면 나도 같이 갈게, 챔피언."

안드레이가 머뭇거리며 말했다. 나는 대답도 하지 않고 슬쩍 엄마 뒤로 갔다.

우리 집은 가운데에 마당이 있고 발코니가 있는 아파트인데, 그 마당은 내가 루카쿠로멜루 루카쿠. 벨기에의 축구선수로 이탈리아 FC 인테르나치오날레 밀라노의 선수 셔츠를 입고 줄리오 마우로와 축구를 하다가 두 골을 기록한 것으로 유명했다. 물론 경고판에 대문자로 적힌 '축구 금지'라는 단어가 우리를 나무라긴 했지만 말이다.

그날 아침, 마당에는 아무도 없었다. 대신 발코니마다 삼색 국기와 큰 띠들이 펄럭였다. 마치 이웃 사람들이 우리에게 알리지 않고 자기들끼리 파티를 준비한 듯했다.

"안 갈래?"

엄마가 아파트 출입문 앞에 서 있었다.

"나가기 싫어졌어요."

내가 퉁명스레 말했다.

"조금 아까는 나가겠다고……."

"엄마, 엄마가 수영 가르쳐주던 때 생각나세요?"

"그럼, 그걸 누가 잊겠니. 넌 바닥에 발이 안 닿으면 앞으로 가려고도 하지 않았잖아."

"그 얘기 해줄래요?"

"마티아, 공원에 가자."

"제발요."

"난 이야기할 줄 몰라."

"엄마……."

"얕은 수영장에 마주보고 서서 바닥에 발을 대지 않고 세 번만 팔을 저은 다음 다시 바닥을 디디라고 했어. 발을 디뎠을 때 바닥이 닿으면 안심할 테니까. 다음 날도 세 번만 그렇게 하자고 설득했고 그다음 날도 마찬가지였어. 그렇게 하다 보니 팔을 세 번 젓고도 발을 디디지 않더구나."

"그러고는 물에 빠졌잖아요."

"돌멩이가 가라앉듯이."

"바닷물을 한 병도 더 마셨을걸요!"

"그렇지만 다시 물위로 떠올라서 나를 꽉 부둥켜안으며 말했지. 엄마, 엄마 진짜 미워, 근데 수영하는 법을 배웠어!"

"그러고는요?"

"그러고는 끝이지. 자, 나가자."

나는 아파트 출입문을 뚫어지게 보았지만 두 발이 아스팔트 바닥에 달라붙어버린 기분이었다.

"가기 싫어요."

"'가기 싫어요'가 무슨 말이야? 여기까지 왔잖아!"

나는 팔짱을 끼고 바닥을 내려다보다가 작은 돌멩이 하나를 발로 찼다. 엄마에게 물어보고 싶었다.

'가르쳐 줄래요, 엄마? 물이 없는 곳에서 수영하는 법을?'

사실 나는 아파트에서 한 발짝도 움직여서는 안 되는 사람처럼 집밖으로 나가는 게 두려웠다. 바이러스가 있든 말든 엄마 품 안으로 뛰어들어 꼭 껴안아달라고 말하고 싶었지만 그러지 못했다.

오늘에서야 출입문에서 불과 몇 발짝 떨어지지 않은 곳에서 꼼짝하지 못하는 그 아이가 또렷하게 보이며 그 아이를 이해할 수 있다. 그때, 아홉 살 어린 나에게 출입문은 바닷물보다 훨씬 더 공포를 불러일으켰다.

"네가 변덕부릴 때마다 얼마나 참기 힘든지 아니?"

엄마는 화를 내고 속이 상한 나머지 집으로 올라갔다.

나는 카를로 할아버지의 공구 창고에서 축구공을 꺼내 마당에서 혼자 축구를 시작했다. 왼발로는 상당히 드리블을 잘하지만 오른쪽 발은 아주 서툴렀다.

"얘, 너!"

고개를 들자, 난간을 부여잡은 뼈만 앙상한 두 손이 보였다. 마지막 층에 사는 마녀다. 누군가 마녀의 콧등성이 끝에 거대한 구멍 두 개를 그려놓은 듯한 얼굴이었다. 나는 그 마녀가 밤마다 낮에 카펫 청소를 하던 빗자루를 타고 날아다닌다고 굳게 믿었다. 마녀의 이름은 기억이 나지 않지만 모두들 자명종이라고 불렀다. 마녀가 기르는 개들이 아침 6시 45분이면 일제히 짖기 시작해서 아파트에 사는 사람들의 잠을 다 깨워놓기 때문에 붙여진 별명이었다.

자명종은 아이들을, 그중에서도 특히 한 아이를 끔찍하게 싫어했다. 한 번은 악취 나는 더러운 물이 든 통을 발코니에 걸어놓았다가 내 머리에 쏟아 부어서 내 루카쿠 티셔츠를 물에 젖은 걸레로 만들어버렸다. 그래놓고는 사과 대신 소리만 질렀다.

"경고문 읽을 줄도 모르냐? 마당에서 축구 하면 안 된다고!"

난 화가 나서 하늘을 향해 공을 찼다. 공은 2층 아파트 문에 붙은 '임대'라고 적힌 종이 한가운데에 명중됐다. 분명 그런 종이가 붙어있었지만 세를 들어오는 사람은 없었다.

아무튼, 마녀의 부름을 받은 나는 얼른 몸을 숨기려고 관리사무실로 달려갔다. 도착하자마자 카를로 할아버지가 들어오지 말라는 신호를 보냈다. 할아버지는 이마를 찡그린 채 통화 중이었다.

"내가 잘 이해할 수 있게 설명해주세요. 엘리베이터에서 세 명이 함께 나오는 걸 보면 경찰에 신고해야 한다는 겁니까?"

할 수 없이 발길을 돌려 우리 집 초인종을 누르자 아버지가 나와 문을 열어주었다. 나는 인사도 하지 않고 집으로 들어갔다. 그를 피하는 게 내 인생의 가장 중요한 목표가 되어가는 중이었지만, 아파트가 항공 모함처럼 크지 않고서는 그리 쉬운 일이 아니었다. 내 방에서 나가자마자 함정이 여기저기 숨겨진 땅으로 들어가는 위험한 상황이었다.

집에서는 내내 미행이라도 당하는 기분이 들었다. 점심을 먹고 욕실에서 손을 씻고 있으면 어느새 그도 들어와서 손을 씻는 척했다. 두 손이 캐스터네츠라도 되듯 서로 부딪쳐서 비눗방울을 사방으로 튀겼다.

엄마는 청결 수업에서 내게 7점을 주었다. 나는 이미 손을 씻을 때 세 단계로 씻어야 한다고 배웠다. 손바닥과 손바닥을 비벼서 닦고, 손바닥을 손등에 대고 닦고, 손바닥을 대고 양 손가락을 끼워서 닦아야 했다. 그러나 안드레이는 심지어 일회용 종이타월조차 사용하지 않고 샤워 커튼에 손을 닦았다.

로사나 누나는 엄마가 식사가 준비되었다고 방문을 두드릴 때에만 겨우 자기 방에서 나왔다. 머리는 헝클어지고 차가운 표정이었다. 그렇게 늦잠을 자는 게 누나에게는 물론, 컴퓨터를 사용하기 위해 누나의 공간을 침범해야 하는 엄마에게도 별로 좋지 않았다.

누나와 엄마는 어떤 일에도 의견이 일치하지 않았다. 누나는 원만한 성격인 반면 엄마는 까칠했다. 어릴 때부터 누나는 운동에 관심을 보이지 않았을 뿐만 아니라 우습게 생각했고, 꽤 유명한 운동 선수였던 엄마는 누나의 그런 태도를 자신에 대한 도전으로 해석했다. 누나 입장에서는 안드레이와의 결혼 실패가 엄마 탓인 것만 같았다. 진짜 아버지는 가져보지도 못했는데 새로 생긴 아버지마저 엄마가 빼앗아버렸다고 생각하는 듯했다.

엄마와 누나는 자신들이 서로 대화를 하지 않는 사이라는 사실을 숨기지 않았지만, 서로에 대한 몰이해가 때때로 상처를 남겼다. 대수롭지 않게 생각했다가는 곪아버리고 말 그런 상처였다.

'네가 집중하는 것만이 성장한다.'

내가 즐겨 인용하는 격언 중 하나다. 하지만 삶은 우리로 하여금 끊임없이 우선순위를 정하도록 강요하고, 그래서 결국 가장 불편해 보이고 그다지 긴박하지 않은 듯한 상황들은 뒤로 밀리고 만다. 그래서 그것들은 의식의 빛을 피한 어두운 구석에 자리 잡는다.

바이러스는 겉으로는 안정되어 보이지만 실제로는 혼란스러운 감정을 더 복잡하게 뒤헝클어 놓았다. 전염병은 전쟁이나 다름없다. 그것은 당장 중요한 것이 무엇인지를 분명히 인지하게 만들고, 그 외의 다른 곳으로 눈을 돌릴 수조차 없게 만든다.

엄마가 펜네 파스타의 물기를 빼는 동안(엄마는 필요한 양보다 200배나 더 많은 양을 삶는 단점이 있었다) 압수된 휴대폰 때문에 몹시 기분이 안 좋은 로사나 누나가 엄마를 공격했다.

"다시 돌려줘요! 날 감옥에 가두었으면 내 친구들이라도 돌려달라고요!"

"넌 아직 벌 받는 중이야, 로사나. 학교 성적 문제는 내가 절대 양보하지 않는 거 알 텐데."

학교 문제가 나오자 엄마는 꼰대 선생님처럼 말했다.

"수학 점수를 잘 받아. 그럼 돌려줄게."

엄마가 결론을 내렸다.

"학교에 갈 수가 없는데 어떻게 좋은 점수를 받아요? 학교에 갈 수 없다고요! 언제 다시 가게 될지 누가 알아요!"

로사나가 역겹다는 듯 얼굴을 찡그리며 파스타 접시를 들고 다시 자기 방으로 사라졌다.

내가 산더미처럼 수북한 내 파스타를 도전적인 얼굴로 바라보고 있을 때 안드레이가 미소를 지으며 치즈 강판 들고 내 등 뒤로 왔다.

"치즈 줄까?"

"고맙지만 됐어요. 원래 맛이 없는데요, 뭐."

"엄마가 요리는 잘 못하지."

그가 내 귀에 대고 말했다.

"오늘 저녁에는 내가 깜짝 놀랄 만큼 맛있는 파스타 소스를 만들어줄게. 완두콩하고 프로슈토하고 따뜻한 생크림으로!"

이 남자는 펜네 파스타보다 더 끈적거린다. 식구들과 그를 피하기 위해 나는 조용히 발코니로 나갔다. 불편한 마음을 위로해줄 편안한 눈길을 찾다가 반니 마우로와 눈이 마주쳤다.

이름에서 금방 알 수 있듯이 그는 줄리오 마우로와 관계가 있었다. 바로 줄리오의 아버지였는데 나는 반니 아저씨가 우리 아버지였으면 좋겠다고 생각하곤 했다.

나는 그의 모든 게 좋았다. 역삼각형 얼굴에 한밤의 등대처럼 언제나 크게 뜨고 있는 두 눈까지. 나는 그 아저씨가 정직하고 올바르고 용기 있고 의리 있다고 믿었다. 밖에서 늑대들이 무섭게 울부짖을 때 안전한 피신처가 될 동굴이 여기저기 있는 커다란 산 같았다.

그 산이 지금 대담하게 난간에 두 팔을 기대고 담배를 피우는 중이었다. 무지개가 그려져 있고 '다 잘 될 거야'라고 적힌 현수막 위로 담뱃재가 날아가 앉아도 신경 쓰지 않았다.

반니 아저씨는 어떤 사무실의 실장이었고 아내는 누구보다 뛰어난 간호사로 유명했다. '수간호사'라는 말을 여러 차례 들었기 때문에 나는 그게 줄리오 엄마의 이름이라고 굳게 믿었다.

마우로 가족은 우리 맞은편에 살았다. 그 집의 끔찍한 외아들이 지금 아저씨가 서 있는 발코니에 나타나 내게 저속한 손짓을 한 게 몇 번인지 모른다. 그러다가 누군가의 그림자가 보이기만 하면 재빨리 '안녕'의 손짓으로 바꾸곤 했다.

"줄리오가 보고 싶어서 그러는구나, 그렇지?"

엄마가 내게 다가와서 말했다. 엄마는 나와 친구들의 관계를 하나도 몰랐다.

반니 아저씨가 엄마를 보자마자 살짝 손을 흔들었다. 엄마도 똑같이 손짓하며 잘 지내냐고 물었다. 하지만 그는 의례적인 인사 대신 연설을 시작했다.

"타냐, 우리는 한 배를 탔어요."

마치 자신이 그 말을 처음 생각해낸 사람처럼 의기양양하게 말했다.

"우리는 무의미한 것을 좇아 너무 많이 달렸어요. 하지만 이제 마침내 뭐가 중요한지를 생각할 때가 되었죠. '가치' 말입니다, 제 말 아시겠어요? 연대, 절제, 진정성 같은 가치 말예요. 결혼 생활 내내 나는 아내에게 단 한 번도 거짓말을 하지 않았어요. 그렇지만 며칠 전부터 여러 가지 거짓말을 하고 있어요. 가능한 한 다정하게 행동하고, 의식적으로 친절하게 대했답니다. 무슨 말인지 아시죠?"

엄마는 그 말을 너무나 잘 이해했을 뿐만 아니라 그렇게 용기를 북돋워주는 대화에 감동했다. 그래서 엄마도 몇 마디 말로 두려움을 표현한 뒤, 바이러스의 출현 이후 도시에서 도둑과 스모그가 사라졌다는 사실을 강조했다.

"이 바이러스가 집요하게 세상의 종말을 경고하는 환경 단체보다 훨씬 나은데?"

반니 아저씨와의 대화를 엿들은 안드레이가 엄마를 자극해 보려 했지만 엄마는 대꾸하지 않았다.

"그러니까, 반니하고 그 아내는 여전히 같이 사는 건가?"

나와 엄마가 집안으로 들어오자 안드레이가 엄마에게 물었다. 불행히도 안드레이 접시에 담긴 파스타 역시 1밀리미터도 줄어들지 않았다.

"이혼이 유행이기는 하지만 평생 결혼을 유지하는 사람도 있는 거야."

엄마가 레몬 셔벗 같은 목소리로 대답했다. 엄마의 눈에는 줄리오 마우로네 부모님이 동화 속에 나오는 이상적인 부부 그 자체였다. 엄마가 이뤄내지 못한 부부의 모습이었다.

"부인이 간호사지?"

아버지가 물었다.

"수간호사요."

내가 정확히 말했다.

"빨리 먹어, 안 그러면 다 식어."

엄마가 끼어들었다. 엄마는 파스타를 더 먹게 하려고 게임 몇 개를 다운 받아 놓은 휴대폰을 미끼처럼 내게 내밀었다.

보통 때는 식사 시간에 휴대폰 게임하는 게 금지되어 있었지만 아버지가 집에 온 뒤로 몇 가지 규칙들이 느슨해진 셈이다. 엄마와 아버지의 대화를 한 마디도 놓치지 않으려고 나는 할머니에게 선물 받은 녹음기를 켰다. 녹음기는 계속 내 바지 뒷주머니에 살고 있었는데 그 속에서 비밀 요원의 역할을 충실히 수행하곤 했다.

게임을 하면서 나는 한적한 도시의 거리를 따라 악당들의 자동차를 추월했다. 우리가 살고 있는 이 도시도 끔찍하리만치 게임 속 도시를 닮아가는 중이었다. 그 사이 나의 디지털 녹음기가 소중한 일을 했다. 녹음된 어른들의 대화는 다시 듣기만 하면 금방 다 이해가 되었다.

"반니가 거실로 사무실을 옮겼어. 집안일도 하고 아내를 보살필 수 있게 말이야."

엄마가 말했다.

"반니를 잘 아니까, 그렇게 하지 않았다면 아마 내가 더 놀랐을걸."

그러더니 잠시 의미심장하게 침묵을 지켰다.

"반니는 무엇보다 가족을 최우선시 해."

"난 그 사람이 항상 지나치게……."

"어른스럽다고?"

"모든 일을 심각하게 받아들이는 게 진지함이라고 확신하는 그런 남자 중 하나지. 그리고 다른 사람들은 거기에 속아 넘어가서 그걸 깊이로 착각하는 거야. 그렇기는 해도 그 사람 부인은 똑똑한 여자가 틀림없어. 어떻게 보면 하루 종일 남편과 집에 있는 것보다야 병원에 있는 게 더 나으니까 말이지."

"안드레아, 당신에게는 이상해 보이겠지만 사명감을 느껴서 일하는 사람도 있어."

"사명감 때문이라기엔 병원에서 너무 많은 시간을 보내는 거 아냐?"

"교대 근무를 해야 하는 간호사 몇 명이 병가를 냈대. 겁쟁이들!"

"긴급 상황이 발생했을 때 그 사람들이 어떻게 행동하는지 당신이 전부 다 알아? 인생은 때로는 순식간에 결정되고 영웅과 탈영병의 경계는 너무나 희미해서……."

"당신은 그 경계를 너무 잘 아나보지."

엄마는 그렇게 말하고는 아버지가 대답할 틈도 주지 않고 그 자리를 떠나버렸다.

안드레이는 발코니에 있는 반니 아저씨를 뚫어지게 보았다.

"세상일은 보이는 게 다가 아니야."

그가 중얼거렸다.

겉모양을 믿을 필요가 없다고 내게 넌지시 말하려는 듯했다. 하지만 아버지가 바로 겉과 속이 일치하는 끔찍한 경우도 있다는 것을 보여주는 살아있는 증거였다.

엄마가 저녁 6시에 텔레비전을 켰다. 안드레이는 엄마가 보는 뉴스를 '익사한 자와 구조된 자에 관한 보고서'라고 불렀다. 곡선이 잔뜩 그려진 도표를 배경으로 목록의 숫자를 계속 읽어 내려가던 남자가 어렴풋이 기억난다.

엄마는 한 손으로 다른 쪽 손목을 꽉 잡으며 "어떡해"라는 말만 되풀이했다.

"뭔가 이상한데."

아버지가 투덜거렸다.

"겁을 주려고 비상사태라고 부풀려 말하는 것 같아!"

엄마가 아버지를 참을성 제로라고 부르며 조용히 하라고 명령했다. 그때 엄마의 농담을 처음 들어보았다.

나는 도움을 구하기 위해 발코니로 나갔다.

"할머니, 거기 계세요?"

"그래, 아가! 노을 지는 걸 보려고 발코니에 나와 있어!"

할머니가 온 아파트가 울릴 정도로 큰 목소리로 대답했다. 나는 뱀처럼 손을 길게 뻗어보았지만 할머니를 보려는 시도는 부질없었다.

“마티아, 우리 아가, 제발 부탁이니 엄마 말 잘 들으렴. 요즘 부쩍 잘 안 먹는다고 하던데, 진짜야?”

나는 아무도 듣는 사람이 없기를 바라며 주위를 둘러보았다. 내 생각과는 반대로 모두 발코니에 나와 있었다. 그렇게 많은 사람들이 발코니에 서서 다른 발코니 사람들과 잡담을 하는 광경은 한 번도 본 적이 없었다. 이전 세상에서는 엘리베이터 안에서 겨우 인사나 하는 게 전부였다.

제일 흥분한 사람은 측량사인 고티 씨 같았다. 고티 씨는 꼭대기 층에 사는 남자로, 아코디언처럼 배에 주름이 잡혀 있었다. 그는 텔레비전 앞에 살아서 이웃들과 부딪히는 일이 거의 없었는데 어쩌다 만나면 자신은 평생 단 1분도 운동을 한 적이 없다고 자랑하곤 했다.

그날 고티 씨의 실내용 가운은 열기구의 천처럼 배에 딱 달라붙어 있었다. 팔을 기댔던 발코니 난간에 기름기가 남았다. 그의 거실에서는 내가 모르는 옛날 노래가 들려왔다. 후렴구에서 고티 씨가 미친 것처럼 소리를 지르기 시작했다.

“알 알바 빈체로…… 빈체로로로로…… 빈체로로로로……

푸치니 오페라 <투란도트>에 등장하는 아리아 <Nessun dorma>의 일부. ‘새벽이 되면 나는 승리하리라’는 뜻.”

멜로디는 마음에 들었지만 음정이 맞지 않아서 집게손가락으로 양쪽 귀를 다 막아야 했고 결국엔 엄지손가락까지 이용해야 했다.

고티 씨의 노래가 끝나자 아파트의 발코니에서 박수갈채가 터져 나왔다. 그 소리는 점점 더 커져 몇 초간 지속되었다. 마녀 자명종만 빼고 모두 박수를 쳤다. 자명종은 박수를 치지는 않았지만 개 두 마리를 거느리고 계속 발코니에서 아래를 감시하고 있었다. 병원에서 막 돌아온 수간호사도 박수를 쳤다. 수간호사의 밤색 머리가 커튼처럼 이마를 덮었고 미소를 짓자 뺨에 보조개가 깊게 생겼다.

내 등 뒤에서도 달콤한 분위기가 느껴졌다. 엄마가 눈물을 글썽이고 있었고, 로사나와 안드레이는 그런 엄마를 조용히 바라보았다. 안드레이는 내 머리를 살짝 어루만져 머리카락을 헝클어놓으려 했는데 그의 뜻대로 되지는 않았다.

그가 우리 집에 머물기로 한 기간이 거의 끝나간다는 게 내게 유일한 위안이 되었다. 누나가 이틀이라고 확실히 약속을 했으니 안드레이는 곧 과거의 인물이 될 것이다.

이제 이틀이 지났다. 고티 씨의 노래 실력은 별로였을지 몰라도 내 상황에 딱 맞는 가사인 것은 분명했다.

새벽이 되면 드디어 나는 승리하리라.

나는 깜깜한 어둠 속에서 침대에 누워 눈을 크게 떴다. 피치포는 기절한 듯 내 발밑에 누워 있었고 나는 사방이 고요한 가운데 귀를 기울이는 중이었다.

모두가 잠든 시간, 나는 종종 깨어 있곤 한다. 그럴 때마다 창밖에서 들려오는 여러 소음이 외로움을 달래주었다. 오토바이의 굉음, 덧창을 닫는 삐그덕 소리, 자동차나 집의 도난방지 장치 소리……. 도시는 한 번도 조용한 적이 없었다. 하지만 지금은 다르다. 쥐죽은 듯 고요하다. 침대 옆 작은 탁자에 놓아 둔 '큰 귀'를 찾아서 귀에 대보았지만 역시 아무 소리도 들리지 않았다. 오히려 더 고요해졌다.

그 때 적막을 뚫고 앰뷸런스의 사이렌 소리가 들렸다.

할머니는 앰뷸런스가 지나갈 때마다 기도를 하라고 가르쳐 주셨지만 순간적으로 뭐라 기도해야 할지 떠오르지 않았다. 긴장감 때문에 모든 게 메말라버렸다.

나는 닫힌 창 너머에서 무슨 일이 벌어지고 있는지 상상해 보려 애썼다. 어린 내 생각으로는 비스킷을 마구 먹어대던 바이러스가 샌드맨으로 변한 듯했다. 길을 가다 무엇을 만나느냐에 따라 확장되거나 수축되는 스파이더맨의 적수 말이다. 그리고 바이러스가 세상을 삼켜버리기 위해 입을 딱 벌릴 때 그

소리가 나온다. 앰뷸런스의 사이렌 소리가.

잠시 뒤 앰뷸런스가 한 대 더 지나갔다. 그리고 또 다른 앰뷸런스도. 나는 '큰 귀'를 벗고 침대에서 뛰어내렸다. 스파이더맨 가면을 쓰고, 혹시 시뻘건 화산석이 떨어질 때를 대비해서 누나가 선물한 소방관 안전모를 썼다. 그리곤 발코니로 나가는 문을 열고 달려 나갔다. 불이 켜진 곳이 있는지 확인이 필요했다. 마침 발에 걸린 망원경으로 위를 올려다보았지만 별이 보이지는 않았다. 바이러스가 별도 삼켜버린 걸까? 망원경 렌즈에 담기는 것이라고는 아파트 건물의 코니스건물 처마 밑을 장식하는 돌림띠밖에 없었다. 하늘은 할머니네 발코니에서만 보였다.

긴장이 풀리자 별안간 오줌이 마려웠다. 도둑처럼 살금살금 욕실로 가서 오줌을 누고 급히 밖으로 나가려다가 침입자의 칫솔이 내 칫솔 옆에 있는 컵에 당당히 꽂혀있는 것을 발견했다. 부당한 일을 알게 된 사람처럼 칫솔을 들고 주방으로 달려갔다. 칫솔을 그의 얼굴 앞에 흔들면서 동거 규칙 중 하나를 명백히 위반했다는 사실을 알리기 위해서다. 하지만 통화하는 소리가 들려서 반쯤 열린 주방 문 뒤에서 걸음을 멈추었다.

"페데리카, 걱정하지 마……. 화내지 말라고……. 그런 생각하지 마……. 아니……."

안드레이의 애인은 그에게 말할 틈도 제대로 주지 않았다.

그러다 드디어 그녀도 숨을 고르느라 말을 멈춘 듯했고 안드레이는 그 기회를 이용해서 자신의 생각을 잠시나마(재채기하는 순간보다 조금 길게) 이야기했다.

"자기하고 내 아들의 경쟁이 아니야, 이해하겠어? 로마로 돌아가지 않는 건 다른 이유가 있어서야. 지금은…… 말할 수 없어. 내 말 믿어, 자기. 문제가 다 해결되면 당신이 제일 먼저 알게 될 거야. 지금은 내가 여기서 움직이지 않는 게 좋아."

차고

내가 태어나기 전 세상은 이미 <그란데 프라텔로네덜란드의 리얼리티 프로그램 <빅브라더>의 이탈리아판>라는 텔레비전 프로그램에 미쳐 있었다. 그 프로그램에서는 서로 모르는 사람들이 한 집에 모여 카메라의 감시 하에 생활하다가 시청자들의 투표에 의해 한 번에 한 명씩 방출되었다. 바이러스로 인한 격리 생활은 실생활에서 그 미친 프로그램을 재현하는 것이나 마찬가지지만 두 가지 면에서 확실히 달랐다. 한 집에 모여 격리된 참가자들은 이미 서로를 너무나 잘 알고 있었다. 아니 적어도 그렇게 믿고 있었다. 또한 투표에 의해 집 밖으로 쫓겨날 가능성도 없었다.

모든 일이 생각처럼 진행되지 않을지 모른다는 사실을 알게 된 다음 날 아침, 거실 텔레비전 앞의 소파 침대에 아무렇게나 누워있는 아버지를 발견했다. 규칙에 따르면 벌써 두 시간 전에 원래 상태로 정리를 해놓았어야 했다. 아버지는 뉴스를 보면서 혼잣말을 했다.

“사회적 거리두기라고? 무슨 소리야. 난 주차 금지도 참기 힘든 사람인데."

지난밤에 애인과 통화할 때 했던 말들이 계속 내 머릿속에서 맴돌았다. 그 여자에게서, 그리고 처음으로 내게서도 달아나는 게 아니라면 지금 무엇으로부터 달아나는 중일까?

퍼프와 진지하게 상의를 한 뒤 더 이상 아버지를 피하지 않기로 결정했다. 오히려 이용가능한 모든 도구를 사용해서 그를 뒤쫓아 다니며 어떤 이유 때문에 우리 집에서 빈둥거리고 있는지를 밝혀내기로 작정했다. 퍼프 생각에 따르면 그를 떠나게 하는 방법은 그의 진짜 의도를 밝혀내는 것밖에 없었다.

나는 안드레이의 전화를 엿듣기 시작했다. 그는 통화하는 사람에 따라 목소리를 바꾸었다. 형식적인 투로 말을 할 때도 있고 무미건조하고 조심스러운 목소리로 말하기도 했는데 일과 관련되었을 때 특히 그랬다. 위기 상황에 대처하는 목소리도 있었다. 그런 목소리로 대화하는 일은 아주 드물었지만 그래도 다른 어떤 목소리보다 짜증이 났다. 안드레이가 자주 말을 더듬어 대화가 중단되었는데 더듬거리는 그 말은 상대방의 신경질적인 웃음들에 부딪혀 산산조각 나곤 했다. 상황을 통제하려는 듯한 웃음이었다. 그래서 난 그 목소리를 '두려움의 목소리'라고 이름 붙였다.

아버지는 변호사였지만 영화에서처럼 위기에 빠진 사람들

을 변호해주는 그런 변호사가 아니었다. 안드레이는 자신이 위기에 빠지는 그런 변호사였다.

아버지는 대부분의 시간을 진술서와 음모 이야기를 하며 보냈다. 얼마 전에 내가 이해한 바에 따르면 진술서는 로사나 누나가 부모님의 서명을 받아 학교에 제출해야 하는 사유서와 비슷했다. 다만 이 진술서의 경우 항상 같은 학교에 제출하거나 똑같은 부모에게 서명을 받는 게 아니었다. 그러니까 매일 바꿔 써야 하는 마스크보다 더 자주 진술서가 바뀌어서 안드레이는 분통을 터뜨렸다. 만일 정말 그가 우리 집에서 떠나기 위해 허가서가 필요하다면 내가 기꺼이 서명을 해줄 수 있을 텐데.

아버지는 진술서에 자주 당황했지만 음모에 대한 생각은 확고했다. 아버지는 전화로 바이러스는 제약회사로부터 돈을 받은 미군이 중국에서 들여왔다고 고집스레 되풀이했다. 그 제약회사는 몇몇 재계의 대부들과 손을 잡았고 파국을 초래하는 데 엄청난 돈을 걸었다는 이야기였다. 물론 중국인들은 그들이 하는 짓에 눈을 감았다. 중국인들은 전 세계인이 바이러스에 감염되어 보다 손쉽게 세계를 정복하는 일에만 관심이 있기 때문이다.

또 다른 통화에서는 바이러스는 존재하지 않는다고 확신하듯이 말했다. 바이러스는 사람들이 아픈 진짜 이유를 숨길 목적으로 일부러 만들었다는 것이다. 그러니까 진짜 아픈 이유는 휴대폰의 통신 속도를 더 빠르게 하는 새로운 안테나 때문이라고 했다. 그럼 박쥐는? 아버지 생각에는 최악의 경우 박쥐도 공범일 거라고 말했다. 박쥐는 공중을 날아다니기도 하니까 안테나가 병을 퍼뜨린다는 사실을 모를 리가 없다는 게 그의 주장이었다.

나는 세상의 음모보다 아버지의 음모에 훨씬 더 관심이 갔다. 수수께끼 같은 이유로 밀라노에 머문다는 사실을 알게 된 이후로 로사나 누나와 이야기할 적당한 기회만 노렸다. 그러다가 생각을 바꾸게 된 어떤 일이 벌어졌다.

젬마 할머니는 내가 변기에 앉아서 오줌 누는 걸 좋아했는데 어느 날 아침 할머니를 기쁘게 하려고 변기에 앉아있을 때 복도에서 누나와 아버지가 하는 대화를 엿듣게 되었다. 나는 열쇠 구멍으로 두 사람을 훔쳐보았다. 기분이 좋아 보이는 위선적인 얼굴의 아버지와 멜로 드라마 배우 같은 누나의 목소리 톤이 대조를 이루었다.

"아빠, 다미아노를 만나게 도와주세요. 안 그러면 죽어버릴래요."

누나는 툭하면 죽었는데 특히 좋아하는 가수들 때문에 자주 죽었다.

"걱정하지 마. 내가 만나게 해줄 방법을 찾을 테니까."

아버지가 대답했다. 그러면서 진지한 표정으로 얼굴을 살짝 찡그렸다. 나와 약속을 할 때마다 짓는 표정이었다. 그 후에 까맣게 약속을 잊어버리긴 하지만 말이다.

그 뒤 나는 여러 차례 두 사람을 훔쳐보았다. 주방뿐만 아니라 이제는 거실에서도 눈에 띄었다. 안드레이가 지나칠 정도로 영역을 확장하는 중이었고 누나는 박쥐보다 빠르게 집 안 곳곳을 이리저리 날아다녔다. 나는 누나가 안쓰러웠다. 아버지가 누나까지 실망시키리라 확신했으니까.

엄마로 말하자면 이제는 나와도 거리두기를 할 정도로 바이러스의 공포에 사로잡혀 있었다. 엄마는 친구들과 통화를 할 때면 문손잡이나 채소 봉지만 봐도 바이러스 생각이 나서 제대로 쳐다보지도 못하겠다고 하소연했다. 손잡이나 봉지 곳곳에 눈에 보이지 않으면서 폐에 치명적인 바이러스들이 우글거리는 기분이라고 했다. 집에서 기침 소리가 들리기만 해도 어찌나 불안해하는지, 그냥 목에 뭐가 걸린 거라고 급히 말해야만 그제야 진정이 되었다.

나는 모두에게 잊히고 모두를 불신하면서 내가 즐거워하는 일에 몰두하며 외로이 하루하루를 보냈다.

내가 몰두한 일은 따분함을 즐기는 것이었다. 학교가 문을 닫으면서 유도 학원과 산수 개인 교습도 함께 중단되었다. 마침내 아무 일도 하지 않고 나의 환상 세계 속으로 푹 빠져들 수 있다는 게 거짓말 같았다.

나는 하루 동안 있었던 일을 라디오 뉴스처럼 중계하기도 하고, 모형 우주선과 신화 속에 등장하는 괴물들 간의 시간을 초월한 전투를 계획하기도 했다. 그러다가 내 마음의 가장 은밀한 구석까지 대담하게 파고드는 슬픔을 느낄 때면 크리스마스에 로사나 누나에게 선물 받은 폭신하고 말랑말랑한 작은 인형들을 손가락으로 꾹 눌렀다. 유니콘 모양의 가지를 누르기만 하면 부드럽고 안전한 세계, 내가 살고 싶은 세계로 금방 빠져 들었다.

엄마는 내가 다른 아이들과 비슷해지길 바랐다. '평범한 아이'가 되길 바라는 거라고 했다. 다른 아이들과 함께 재미있게 노는 아이, 엄마 걱정을 안 시키고 학교에 가는 아이, 절대 아프지 않는 아이 말이다. 엄마는 내가 직선과 단단한 평면으로만 이루어진, 트라우마와 공허함이 없는 그런 삶을 살기 바랐다. 엄마가 읽은 책에서는 모두 그와 같은 삶은 불가능하며 어쩌면 아무 쓸모없을지도 모른다고 말했고, 사실 엄마 자신도 그런 삶을 원하지 않았다. 그러나 나에게는 아니었다.

엄마와 달리 젬마 할머니는 있는 그대로의 나면 족했다. 할머니가 그런 말을 한 적은 없었지만 할머니 집에 있으면 그런 느낌을 받았다. 할머니는 내가 변하기를 원치 않았다.

할머니는 마음에 들지 않는 뭔가를 바꾸려면 먼저 그걸 진심으로 좋아해야 한다고 말했다.

"뭔가를 좋아하는데 왜 그걸 바꿔야 해요?"

나의 물음에 할머니가 전염성 있는 웃음을 터트렸다.

"뭐라고 대답해야 할지 모르겠구나, 아가. 그런데 그렇단다."

할머니와 나 사이에는 비밀이 하나 있었다. 내가 아직 유치원에 다니고 있을 때 우리 아파트 2층에 상냥하고 친절한 아저씨가 살고 계셨다. 아저씨는 내 첫 자전거의 바퀴를 조립해주었다. 나는 안드레이가 그렇게 해주길 바랐지만 아버지는 이미 사라져버리고 난 뒤였다.

어느 날 주방에서 슬픈 눈빛의 엄마를 보자 그 아저씨를 새 아빠로 맞아야겠다는 생각이 들었다. 할머니에게 이런 내 마음을 털어놓자 할머니는 그 문제를 진지하게 받아들였다. 그래서 엄마가 할머니 집에 있을 때 아저씨를 집으로 초대했다.

할머니는 조그만 찻잔과 설탕과 기타 등등이 놓인 작은 주방 테이블에 두 사람만 있게 해주었지만 계획은 성공하지 못했다.

몇 달 뒤 그 아저씨는 다른 도시로 이사를 갔고 그 집은 다시 세를 놓았는데 아무도 들어오지 않았다. 그러는 동안 엄마는 제노 조르치를 선택했고 그 대신 우리 모두를 잃었다.

"할머니, 제 목소리 들리세요?"

나는 누나가 욕실에서 나오기를 한 시간 가까이 기다린 뒤 욕실에 들어가 문을 잠갔다. 그리고 내 목소리가 들리지 않게 세면대의 수도꼭지를 최대로 틀어놓았다. 엄마가 동료 교사들과의 원격 회의에 참석 중인 틈을 타 엄마의 휴대폰을 가지고 젬마 할머니에게 전화를 한 것이다.

"잘 안 들려, 아가. 물소리가 너무 시끄러운데. 더 크게 해봐. 할머니 귀가 잘 안 들리잖아."

"할머니, 안드레이가 안 가려나 봐요."

"여기 들어온 너희들은 희망을 모두 버려라."

"뭐라고 하셨어요?"

"단테, <지옥>에 나오는 구절이야."

"난 아버지 이야기를 하는 중이라고요."

"나도 그래."

"할머니 말이 무슨 뜻인지 모르겠어요."

"그건 상관없어. 그렇지만 할머니가 충고 하나 할게. 아버지가 떠나길 바란다면, 아버지가 집에서 나갈 때 네가 따라가야 한다는 걸 잊지 마라."

아버지가 떠날 때 내가 따라가야 한다고? 내 목표는 아버지를 집에서 나가게 하는 것인데?

젬마 할머니는 항상 알쏭달쏭하게 이야기하는 것을 좋아하셨다. 나는 록다운으로 할머니 머리가 녹슬어간다고 생각했다. 할머니는 나와 통화를 하는 동안 카를로 할아버지의 건강이 심하게 걱정된다고 정확히 세 번이나 같은 말을 했다.

아주 오래 전 심장에 문제가 생긴 이후로 카를로 할아버지는 병원에 가서 심장을 절개해야 한다고 이따금 말하곤 했다. 하지만 바이러스가 퍼지면서 병상이 꽉 차서 아무도 그의 심장에 신경을 쓰지 않았다.

카를로 할아버지에게 어떻게 지내냐고 인사를 할 때마다 "잘 지내고 있어, 고맙구나"라고 아주 다정하게 대답했지만 할머니는 동정을 받기 싫어서 그렇게 말할 뿐이라고 했다. 카를로 할아버지는 매일 아침 할머니의 우편물과 장을 본 물건들을 할머니 집 문 앞에 놓아두었다. 그러고는 도망치듯 아래로 내려갔는데 할머니는 계단을 내려갈 때 숨을 헐떡이는 소리를 여러 차례 들었다고 한다.

“어쩌면 그냥 내가 《약혼자들》에 대해 질문할까 봐 겁이 나서 그런지도 몰라.”

“할머니가 숙제를 너무 많이 내주세요! 그래서 너무 피곤한 거예요.”

“그런데, 아가? 넌 이제 숙제 안 하니?”

교문에서 쫓겨난 학교가 갑자기 컴퓨터 화면으로 다시 돌아왔다. 봄이 찾아오고 있을 무렵 어느 날 아침, 보고 싶은 우리 반 친구들이 모두 화면에 나타났다. 각자의 네모 상자에 갇힌 우리들은 어색하게 인사했다.

실제 학교와는 너무나 다른 학교였다. 등교 시간이 훨씬 짧았고 접속이 항상 원활했지만 가만히 그 앞에 앉아 딴청을 부리기가 점점 더 힘들었다. 선생님이 나를 보고 있는지 아닌지 알 수 없는 데다 엄마가 나를 지켜보고 있었기 때문이었다.

내가 이어폰을 끼고 수업에 접속하면 엄마는 방으로 들어가는 척했다. 그렇지만 정작 방으로 가는 대신 주방 입구에 가만히 서 있었다. 안드레이가 방해가 되니 거실로 가라고 말할 때까지 말이다.

드디어 엄마가 거실로 가면 아버지가 컴퓨터에서 고개를 살짝 들고 나를 넌지시 보았다. 공범이 되어주겠다는 약속의 의미였다.

선생님은 우리가 집에 격리되어 만나지 못한 사람 가운데 누구 생각을 가장 많이 했는지 질문했지만 나는 아주 흥미로운 상상에 푹 빠져 있었다. 사실 난 지금껏 거의 만난 적이 없다가 바이러스와 함께 우리 집에 갇혀 있게 된 어떤 사람 생각을 제일 많이 했다.

"마티아, 딴 생각 말고 수업에 집중하면 좋겠구나. 격리 기간 중에 누구 생각을 제일 많이 했는지 얘기해 볼래?"

선생님은 내가 한눈을 파는 순간 불시에 질문한 게 기쁜 듯이 보였지만 내 임기응변 능력을 과소평가하셨다.

"제 금붕어 론이요. 솔직히 말하면 격리 기간 전에도 보지 못했어요. 이미 하수구에 살게 되었거든요. 론이 잘 지냈으면 좋겠고 저 말고는 아무도 보고 싶어 하지 않았으면 좋겠어요."

컴퓨터 화면의 친구들이 키득거리기 시작했다. 어떤 아이들 얼굴은 화면 밖으로 나갔는데 아마 내 생각에는 웃느라 책상이 흔들려서인 것 같았다.

"여러분들, 당장 마티아에게 사과하세요!"

내게 용기만 있었다면 아이들에게 왜 웃는 건지 그 이유를 물어보고 싶었다. 갑자기 굵은 눈물이 흘러내리려 했지만 겨우 울음을 삼켜서 아무도 눈치채지 못했다. 아버지만 빼고. 아버지는 내 눈물을 못 본 체하려고 발코니로 나가버렸다.

전형적인 사기꾼이 없다면 모험은 존재할 수 없을 것이다. 그 사기꾼은 저수지에 던져진 돌멩이이며 대화의 적으로, 꼬인 대화를 풀어내는가 하면 꼬이지 않은 대화를 꼬이게 만든다. 그들은 정확한 목적 없이 움직이며 모든 일을 헝클어 놓는 유아적인 즐거움에서만 생기를 얻는데 바로 그렇기 때문에 빠른 변화의 자극제가 된다.

그날 저녁, 해질 무렵 사기꾼은 약국까지 산책을 좀 다녀오겠다고 말하며 집에서 나갔다. 나는 우연히 발코니에 나갔다가 아버지가 차고로 내려가는 것을 보았다.

'약국으로 가는 지름길은 절대 아닌데…….'

바로 그때 로사나 누나가 예전에 쓰던 교과서가 없어졌는데 그 책이 있을 데라고는 한 곳밖에 없다며 차고에 다녀오겠다고 했다. 재능이 없는 형사라도 의심할 만한 상황이었다. 두 사람은 자신들의 범행을 실행에 옮기려는 중이었다. 할머니 말이 다시 떠올랐다.

"아버지가 떠나길 바란다면, 아버지가 집에서 나갈 때 네가 따라가야 한다는 걸 잊지 마라."

나는 망설임 없이 두 사람을 미행했다.

엄마에게는 내 방에 가서 놀겠다고 말하고 슬리퍼를 신은 채 살금살금 층계참으로 나갔다. 실수 없이 계단을 뛰어 내려가 마당에 도착했고 다시 몇 발짝을 옮겨서 지하 주차장으로 내려가는 경사로 입구에 섰다. 우리 집 주차장 셔터가 올라가 있었다. 나는 벽에 몸을 딱 붙였는데 '큰 귀'가 없어도(바보같이 그걸 가지고 오지 않다니!) 누나 목소리가 선명하게 들렸다.

"검문소에서 막으면요, 아빠? 세그라테까지는 굉장히 멀어요."

놀랍게도 안드레이는 엄마의 스테이션왜건으로 누나를 다미아노 집에 데려다주려는 계획이었다. 그때, 갑자기 다른 자동차 불빛에 내가 숨어 있는 곳이 환하게 밝아지고 누나는 유령이라도 본 듯 비명을 질렀다.

반니 아저씨가 슈퍼마켓에서 돌아오는 중이었다. 마스크 위로 휘둥그레진 두 눈이 마치 형을 선고하듯 내 눈 위에 꽂혔다. 아저씨는 자동차에서 내리며 딱딱한 목소리로 말했다.

"세 사람이 집 밖에서 뭐하는 겁니까?"

1초 전에 나를 발견한 아버지는 2초도 안 돼 태연하게 거짓말을 했다.

"고급차에 시동을 한 번 걸어보려고 내려와 봤어요."

아버지가 농담을 했다.

"가만히 세워두면 배터리가 방전될 위험이 있어서요."

"오늘 아침에 타냐가 차를 타고 가는 걸 봤는데요."

"사실은 아이들 바람 좀 쐬어주고 싶어서요."

"차고에서 바람을 쐬어준다고요? 차라리 밀라노 밖으로 두 아이를 보내는 게 어떠세요. 우리 아이처럼 말입니다."

"나는 토스카나로 안 갈 거예요!"

내가 끼어들었다.

"안드레아, 당신 때문에 너무 놀랐어요."

반니 아저씨는 설교를 시작했다.

"팬데믹 시기에는 우리 행동 하나하나가 주위 사람에게 피해를 줄 수 있어요. 우리는 같은 배를 탄 거라고요, 무슨 말인지 아시죠? 마치 혼자 사는 것처럼 행동하면 안 됩니다. 타냐는 세 사람이 여기 있는 거 알아요?"

"물론이죠. 당신도 뭘 하든 다 아내에게 알리지 않나요?"

반니 아저씨는 이마를 찌푸린 채 우리를 훑어보더니 시장바구니를 들고 어둠 속으로 사라졌다. 분명한 자기 기준을 가진 사람 앞에서 바보 같은 모습을 보여서 유감이었다. 반니 아저씨와 우리 아버지가 얼마나 다른 사람인지 이 기회에 다시

한 번 확인되었다.

"마티아, 집으로 올라가."

아무 일 없다는 듯 태연해 보이는 안드레이가 내게 말했다.

"세그라테에 가는 게 금지된 거 몰라요?"

"너 첩자 짓을 할 생각은 아니지?"

누나가 끼어들었다.

"첩자 안 할게. 그렇지만 나도 데려가줘. 안 그러면 엄마에게 말할 거야."

로사나 누나는 내 말을 무시하며 노려보았다. 내게 거울이 있다면 그대로 반사해주고 싶은 눈빛이었다. 나에게 보내는 그런 눈빛을 영화에서는 뭐라고 부르더라? 맞다, 비열한 협박범의 눈빛.

"둘 다 짐칸에 타라."

아버지가 짧게 말했다.

누나를 쳐다보지 않으려고 체크무늬 담요로 둘둘 말고 한쪽 귀퉁이에 쪼그리고 앉아 있다 보니 잊었다고 생각했던 기억이 다시 떠올랐다. 세 살 무렵, 안드레이가 자동차 문을 열어서 나는 강아지처럼 뒷자리에 뛰어올랐다. 아버지는 나를 태우고 시속 20킬로미터 정도로 아파트 단지를 돌았는데 그걸 본 엄마가 아버지에게 소리를 질렀다.

"마티아를 아기 의자에 앉히고 안전벨트를 매줘야지. 당신 아빠 맞아? 바보 아니야?"

이런저런 생각을 하고 있던 그때, 갑자기 급브레이크를 밟는 끼이익 소리와 함께 어떤 목소리와도 혼동이 되지 않는 레몬 셔벗 목소리가 들렸다.

"지금 내 차로 뭐하는 거야? 애들은 어디 있어?"

사기꾼이 우리를 본 적이 없다고 말하고 알아듣기 힘든 말을 우물거리다가 마침내 제일 가까운 약국이 세그라테에 있다고 주장하기에 이르렀는데 바로 그때 다른 목소리 때문에 말이 중단되었다.

"분명히 말하지만 아이들은 저 사람과 같이 있어요, 타냐. 틀림없이 당신에게 말했다고 나한테 맹세했거든요."

반니 아저씨다.

"아이들 어디 있어?"

엄마가 소리쳤다. 나는 엄마가 너무 걱정되어서 하마터면 담요 밖으로 나갈 뻔했다. 요란한 자동차 바퀴 소리가 들리지 않았다면 말이다. 짐칸 유리창으로 흘깃 보니 번쩍거리는 경광등 불빛과 경찰복을 입은 청년이 보였다.

"왜 다들 이렇게 모여 있는 겁니까?"

경찰이 약간 사무적인 말투로 말했다. 아버지가 자동적으로 거짓말을 하며 끼어들었다.

"우연히 만나게 돼서……."

"운전면허증, 자동차 등록증, 진술서 보여주십시오."

"나 말입니까?"

"네, 선생님 말입니다. 건강상의 이유나 직업상의 이유로 불가피하게 이동할 이유를 증명하시겠습니까?"

"저는 약국에…… 가는 중이었습니다."

반니 아저씨가 경찰에게 말을 걸었다.

"경찰관님, 죄송하지만 그런 게 아닙니다. 이 분은 여기 이 부인과 별거 중인 남편인데 아이들을 데려가려고 해서 우리가 차고 앞에서 차를 세웠습니다."

"아이들이라고요? 어떤 아이들 말씀입니까?"

경찰이 물었다.

"어떤 아이들 말이죠?"

안드레이가 경찰의 말을 따라 영 모르겠다는 표정을 했다. 아버지에게 부성이 어떤 의미인지 아는 사람이 보면 그렇게 시치미 떼는 게 진짜로 보일 지경이었다.

경찰이 금세 짐칸 쪽으로 다가와서 나는 담요 속에 숨을 틈이 없었다. 잠시 후 나와 로사나 누나는 교도소로 보내져 생체 실험이라도 당할 사람들처럼 등을 맞대고 서 있었다.

"부인, 이 분이 남편 확실합니까?"

"그랬었죠, ……그래요."

"이 아이들은 두 분 자녀들이고요?"

"딸아이는 친아빠가 따로 있지만 남편을 친아빠처럼 좋아해요."

"전 그런 데 관심 없습니다. 그저 네 분이 모두 한 가족인지 알고 싶을 뿐입니다."

"가족 아니에요! 그러니까…… 맞아요, 서류상 아직은……."

"그런데 어디 가시는 겁니까? 선생님, 당신에게 묻는 겁니다."

"어디 가냐고요?"

아버지가 되물었다. 방금 전 했던 거짓말을 잊어버렸기 때문에 그걸 기억하려고 시간을 끄는 중이었다.

"……약국에요, 그래요, 방금 말했잖습니까? 마스크를 구하러……. 당신들이 마스크를 꼭 쓰라고 하는데 마스크가 없어서요!"

"마스크를 사러 세 명이나 간다는 말인가요? 지금 얼마나 위험한 행동을 하는 건지 아십니까! 아시는 거죠? 미성년자 납치입니다."

"납치는 무슨!"

로사나가 퉁명스레 말했다.

"아빠가 세그라테에 사는 남자친구 집에 날 데려다 주려고 했어요. 내 동생이 그걸 발견하고 엄마한테 이르겠다고 협박했죠. 그래서 동생도 태운 거예요. 우리 이웃이 자기 일에나 신경 썼으면 아무도 눈치채지 못했을 걸요!"

"네 아버지가 그렇게 가르치지는 않으셨을 테니 예의 바르게 굴어라, 얘야."

반니 아저씨가 차갑게 대답했다.

"심각한 잘못을 저질러놓고 적반하장으로 구는 거 아니다. 알겠니?"

"아저씨도 아저씨가 나쁜 사람인 거 알죠? 진짜 나빠요!"

"됐어, 로사나."

엄마는 누나가 더 이상 말을 하지 못하게 했다.

"경찰 아저씨에게 고맙다고 인사하고 집으로 돌아가자, 전부."

나, 엄마, 아버지, 누나, 그리고 어마어마하게 비싼 벌금 고지서, 이렇게 다섯이 집으로 들어갔다.

"너!"

엄마가 소리쳤다.

"당장 네 방으로 가. 당연히 오늘 저녁부터 컴퓨터도 압수야, 알겠니!"

"내 잘못이야."

안드레이가 누나를 옹호했다.

"차라리 택시를 탔더라면……."

"정말 이해 못하는 거야, 응? 세 사람은 규정을 어겼다고!"

"그만해, 타냐. 선생님처럼 굴지 마. 우리도 한때 열여섯 살이었잖아."

"문제는 당신은 아직도 열여섯 살이라는 거야!"

"길에는 군인들이 쫙 깔려 있고 머리 위엔 드론이 날아다니고 아파트 단지엔 첩자가 들끓는군. 지금 경찰국가가 되어 가는 중인데 당신은 왜 나한테 화를 내는 거야?"

"대체 지금 무슨 생각을 하는 거야?!"

"당신 딸은 사랑에 빠졌다고. 그리고 나는 아빠로서……."

"당신은 저 애 아빠가 아니야. 당신은 바보 멍청이야!"

엄마는 세월이 지났어도 자신의 의견을 집요하게 반복하길 좋아했다.

"한 번만 더 주방에서 한 발짝이라도 움직이면 가만 두지 않을 거야."

그 순간 갑작스레 내가 미친 듯이 기침을 했다. 엄마가 내 머리를 만져보고 내 눈을 자세히 살펴보더니 판결을 내렸다.

"알레르기야. 겨우 3월인데! 세상이 정말 미쳤다니까. 마티아, 네 방으로 가렴. 이 집에서 한 사람이라도 내 말을 들어야 할 거 아니야! 엄마는 아버지하고 이야기를 좀 해야 해."

엄마는 아버지에게 너무 화가 나서 나한테 화를 내야 한다는 사실도 잊어버렸다.

내가 방금 일어난 일들을 퍼프와 피치포에게 간단히 설명해주는 동안 그렇게 기대했던 폭풍우가 몰아닥치는 게 느껴졌다. 안드레이와 바퀴 하나 빠진 그의 가방은 내 인생 밖으로 내던져지고 있는 중이었는데 기대했던 만큼 그렇게 행복하지는 않았다.

아버지가 집에서 쫓겨나기만을 간절히 기다려 왔지만 누나와의 약속을 지키려고 애쓰는 모습을 보고 놀라면서도 감탄했다. 정말 그를 쫓아내야 할 필요가 있다면(필요가 있긴 있었다) 뭔가 다른 일 때문이었으면 좋겠다고 생각했다.

마당

|

그날 저녁, 엄마는 누나와 나를 불러 저녁을 먹고 자라고 했다. 타버린 가지 파스타를 억지로 먹이는 게 엄마가 우리를 벌주는 아주 세련된 방식이었다.

식사를 마친 뒤 나는 너무 피곤해서 피치포의 품에서 기절해버렸다. 그날 밤 의외로 멋진 꿈을 잔뜩 꾸었으나 잠이 깼을 때는 어떤 내용인지 다 잊어버렸기 때문에 기분이 별로 좋지 않았다.

나는 더 이상 아버지를 보지 않으리라 기대하며 잠이 덜 깬 눈으로 주방을 바라보았다. 기대와 달리 아버지는 두 손으로 커피잔을 들고 싱크대 옆에 서 있었다.

복도에서 아버지를 얼핏 보았을 때, 처음으로 너무 짧지도 길지도 않은 그의 수염이 그리 짜증나지 않았다. 반면 아버지 앞에 똑바로 서서 한 손가락으로 아버지를 가리키고 있는 엄마의 목소리는 그렇지 않았다.

나는 행여나 불똥이 튈까 염려하며 내 방으로 걸음을 돌렸다. 엄마 허락을 받지 않고 몰래 차고로 내려간 건 나도 마찬가지니 말이다. 하지만 신중함을 넘어서는 호기심이 나를 다시 주방으로 이끌었다.

"당신을 왜 집에 들어오게 놔뒀는지 알아?"

엄마가 말하는 중이었다.

"이런 엄청난 재앙을 통해 기적이 일어날지 모른다고 내가 착각했어. 당신과 마티아가 좋은 관계를 회복하는 기적 말이야. 그러기는커녕, 병원에서 사람들이 인공호흡기를 매단 채 쓸쓸이 죽어가고 있는데 당신은 아이들을 자동차 짐칸에 태우고 돌아다니다니……. 아니, 아무 말도 하지 마! 당신을 다시 믿은 내 잘못이야. 당신이 변했으리라고 착각한 거지."

"난 그런 사람이야! 그리고 당신은 예전에 그런 나를 좋아했지. 나는 원래 비극적인 인물이었어, 타냐. 비극적인 인물들은 변할 수가 없어."

"당신은 비극적인 인물이 아니야. 당신 자체가 비극이야! 그리고 또 다른 비극 한가운데로 나를 다시 떨어뜨렸어."

"사실 난 비극 제곱이야."

"재미없어."

"분명한 건, 당신은 자기가 뭘 원하는지를 절대 알지 못하는 사람이라는 거야. 나의 시인 기질을 좋아한다고 해놓고, 내가 바위처럼 단단해야 한다고 주장했지."

“시인은 무슨! 당신은 진지함이라고는 눈곱만큼도 없는 미치광이 변호사야. 알겠니?”

“그래도 행인들에게까지 침을 튀기며 훈계나 하는 당신네 학교 교장보다는 나아. 우리가 아직 바이러스에 감염되지 않은 게 놀랍다니까? 두 사람이 슈퍼마켓에서 몰래 만나는 거 모를 줄 알아?”

“그만해, 안드레아. 이제 와서 질투에 눈이 멀기라도 한 거야? 당신 일이나 잘해.”

“내가 집에서 나가길 바라는 거야?”

“당연하지. 이제 여기서 나가줘야겠어. 당신이 사라져야 전부 다시 시작할 수 있어. 말이 나온 김에, 로마에, 아니 ……페데리카에게 당장 돌아가지 않았던 이유부터 제대로 얘기해 봐.”

엄마는 페데리카라는 이름이 차마 내뱉기 어려운 욕이라도 되듯 발음했다.

“그 이유는 당신이 누구보다 잘 알잖아. 우리 아들과 있으려고 그런 거야.”

“거짓말 좋아하는 그 버릇은 언제 고칠래? 이제 됐어. 난 내 애들 먹일 거 사러 슈퍼에 가야 해.”

“더블 제트하고 같이 가는 거야? 침방울 맞지 않게 우산 쓰고 가.”

"신경 꺼! 그 사람은 항상 내 행복만을 생각해. 당신과 다르게."

곧이어 현관문이 쾅 닫히는 소리가 들렸다. 며칠 전부터 간절히 듣고 싶던 소리였다. 다만 그 소리를 낸 주인공이 아버지가 아니었을 뿐이다.

엄마는 아버지에게 무섭게 화를 냈지만 경찰들 앞에서는 아직 남편이라는 사실을 인정했고, 우리들을, 우리 모두를 '가족'이라고 했다.

나는 주방에 있는 아버지에게로 가보려다가 발코니로 통하는 유리문 앞에 서서 반니 아저씨를 지켜보는 아버지를 발견했다. 커튼 봉처럼 딱딱하게 발코니에 우뚝 서 있는 반니 아저씨의 그림자가 아파트에 길게 드리워졌다.

"이야기 만드는 거 좋아하니?"

안드레이가 다 식은 커피를 그대로 찻잔에 따르며 내게 물었다.

"아니요."

나는 커피 잔을 보며 보기 흉하게 얼굴을 찡그리다가 대답했다.

"엄마하고 로사나 말로는 아주 잘 한다던데."

"거짓말이에요."

"아빠가 너만 했을 땐, 다른 집의 불 켜진 창문을 보며 그 사람들의 삶을 상상해보곤 했어. 네 친구 줄리오의 아버지인 저 사람 이야기를 재미있게 꾸며 볼래?"

"줄리오 마우로는 친구 아니에요."

"어쨌든, 내가 보기에 저 사람은 뭔가 숨기고 있어. 뭔가를 숨기고 있는 사람 얼굴 같지 않니?"

"그렇게 안 보여요."

사실 틀림없이 그런 얼굴이었다. 지금까지 왜 그걸 알아차리지 못했을까?

"모든 사람에게 자신이 영웅이라고 믿게 만드는데, 사실은…… 도둑이야."

"무슨 소리 하세요? 한 사무실의 실장이 도둑이 될 수는 없어요. 기껏해야 첩자 정도 되겠죠."

"경우에 따라서는. 어쨌든 얼마 전부터 난 저 사람을 관찰하고 있어. 어제 저녁에 장 봐온 봉투에서 물건 꺼내는 걸 봤거든. 장을 본 게 아니야, 마티아. 약탈을 해왔더라고! 이 구역에 있는 슈퍼를 다 턴 거야. 착한 척하려고 무지개가 그려진 현수막을 가지고 집에 온 거야, 그러고는……."

반니 아저씨는 발코니에서 때 아닌 모기들을 잡으려고 스프레이 모기약을 막 집어 든 참이었다.

"……사람들을 기절시키는 액체 스프레이를 들고 계산원에게 뿌리며 이렇게 소리치는 거지. '다 당신을 위해서 하는 일이오. 이러면 잠깐 쉴 수 있을 테니. 내가 도둑들로부터 당신을 지켜주겠소. 아니, 고마워할 필요 없어요. 우린 같은 배를 탔으니까. 내 말 알겠소?'"

아버지의 이야기가 너무 웃겼지만 아버지를 기쁘게 하기 싫어서 핑계를 대고 혼자 마당으로 내려왔다.

우리가 서로 포옹할 수 있었던 시절, 젬마 할머니가 호주 사람들이 만든 지도를 보여준 적이 있었다. 호주 사람들이 본 대로 그린 세계지도였다. 파타고니아 밑에 알래스카가 있고 로마가 밀라노 위에 있었다. 우리가 보았을 때는 거꾸로 그려졌다고 말할 수 있을 것이다.

이제 난 그 지도 속에 뚝 떨어진 기분이었다.

그런 느낌은 계단에서 트레이닝복을 입은 코끼리와 마주쳤을 때 확실해졌다. 그 코끼리는 측량사 고티 씨였다. 그는 불현듯 살이 너무 쪘다는 생각이 들어 매일 아침 거리에서 조깅을 하려고 트레이닝복을 입었다고 했다. 요즘은 집에서나 밖에서나 자기도 모르게 경보 선수처럼 걷는다는 말도 덧붙였다.

탈출하고 싶다는 모두의 욕망은 점점 기약이 없어지는 기대 때문에 더 커져만 갔다. 자유로워질 시간은 기약이 없는 반면 움직일 공간은 확실하게 제한되어 있었다. 각자가 죄수처럼 자신의 공간 안에서만 움직였고 옆집 사람의 모습만 비쳐도 뒤로 한 발 물러나야 했다.

바로 그때 나와 어른들의 세상 사이에 눈에 보이지 않는 벽이 있어 어른들과 나를 갈라놓는다는 사실을 알아차렸다. 물론 그 의미는 훨씬 뒤에야 이해했지만 말이다.

어른들은 데이터를 필요로 했다. 어떤 것이든 말이다.

봉쇄 조치는 부자연스럽고 폭력적이었으나 어른들은 그것이 길게 지속되지는 않으리라는 가정 하에 부자연스럽고 폭력적인 감정들을 소화시키는 법을 배웠다. 그러한 긴장감이 그들에게 얼마나 오래 지속되었는지, 어떤 결과를 가져왔는지는 불분명했다.

인간들은 마음을 매우 중요하게 생각하기 때문에 현재에 닻을 내리지 못한다. 마음은 현재에 관심이 없다. 그리하여 인간의 마음은 과거에 대한 향수와 미래에 대한 불안 사이를 오간다. 아무 노력하지 않아도 살아있는 그 순간을 사는 사람은 어린이, 사랑에 빠진 이들, 예술가들뿐이다.

우리 아파트 어린이들에 대해 말하자면 기적과 같이 줄리오 마우로가 사라지는 바람에 나는 아파트를 통틀어 유일한 남자아이가 되었다. 대신 나보다 훨씬 짙은 금발머리에 나보다 더 참아주기 힘든 여자아이가 등장했다. 일종의 만화 영화 같았지만 이건 리모컨으로 끌 수가 없었다.

그 애 이름은 테아였는데 유모차에 앉은 인형을 산책시켜주느라 마당에서 몇 시간씩 보내곤 했다. 카를로 할아버지는 우리 둘을 친구가 되게 해주려고 애썼지만 나 혼자 마당에서 어슬렁거리는 것도 따분한데 유모차에 앉은 인형과 산책이라니, 생각하기도 싫었다.

우리 아파트 2층, 항상 덧문이 내려져 있어 아무도 살지 않는 것 같은 그 집이 테아네 집이었다. 사실 테아의 가족은 스위스에 살았다. 카를로 할아버지 말에 따르면 스위스에서는 세금을 납부하는 데 시간을 많이 허비하지 않아도 되기 때문이란다. 테아와 그 부모님은 가끔 집을 둘러보러 오곤 했다. 그렇게 잠깐 집 상태를 보러 온 사이 갑자기 록다운이 되어 밀라노에서 꼼짝하지 못하게 된 것이다. 매일 저녁 측량사 고티 씨가 음정이 맞지 않는 노래를 한 곡 부르고 나면 테아네 집 창문에서 바이올린 선율이 흘러나왔다. 부드러운 멜로디였지만 지나치게 감상적이지는 않았다. 그냥 흘러가버리는 게 아니라 내 마음속에 스며드는 멜로디였다.

테아의 아버지가 바이올린을 연주하는 게 분명했다. 카를로 할아버지의 말이 사실이라면 테아의 아버지는 매우 유능해서 일도 하지 않았다. 그는 이자 수입으로 살았다. 나는 그게 무슨 뜻인지 몰랐지만 나도 어른이 되면 무슨 수를 쓰든 이자 수입으로 살아야겠다고 결심했다.

그날 아침 나는 용기의 나무 주위를 자전거로 한 바퀴 돌아보려고 창고에서 자전거를 꺼냈다. 자전거를 막 타려는데 마침 내 쪽으로 달려오는 테아를 발견했다. 나는 갑자기 기사도를 발휘해야겠다는 생각이 들어 그 애에게 내 자전거를 빌려주겠다고 했다.

그때 2층 덧창 하나가 벌컥 열리더니 키가 크고 이마가 거의 없어, 윗눈썹이 머리에 닿을 것 같은 남자가 나타났다. 남자는 내게 가까이 가지 말고 당장 집으로 들어오라고 테아에게 명령했다.

"갈게요, 아빠."

테아는 그렇게 말하고 작별 인사를 하듯 인형 손 하나를 흔들어 보이더니 재빨리 달아났다. 그 사이 남자는 내게 인사도 없이 덧창을 닫아버렸다. 이자 수입으로 먹고 사는 사람들에 대한 편견은 그때 생긴 게 틀림없다.

나는 몹시 슬퍼져서 나를 보듬어줄 누군가를 찾아 집으로 돌아왔다. 누나 방의 문은 닫혀 있어서 나는 주먹을 쥐고 문을 톡톡 두드리는 우리끼리의 암호를 사용했다. 문이 열리더니 뚱한 얼굴의 로사나 누나가 나타났다. 평상시에 세상을 환히 비추던 파란 눈은 스탠드 불빛처럼 희미했다.

"무슨 일이야?"

"누나……."

"응?"

"어제 일 미안해."

"내가 뭘 어쨌다는 건지 모르겠어. 너는 너만 따돌림 당할까 봐 그렇게 행동한 거 이해하지만 그 괴물 같은 반니 마우로는 왜 그런 거지? 절대 그 아저씨를 용서하지 않을 거야. 엄마도 마찬가지야."

"엄마는 반니 아저씨가 아니잖아!"

"훨씬 더 나쁘지. 나를 이해하지 못해. 날 한 번도 이해한 적이 없다고. 내 친구들과 바깥세상을 빼앗아버리면 나한테 남는 게 뭐겠어? 난 엄마와 달라. 나는 살아가는 걸 두려워하고 싶지 않다고!"

"방에서 안 나올 거야?"

"난 엄마의 사악함에 전염되지 않으려고 스스로를 격리하는 거야. 절대 방에서 안 나갈 거야."

"화장실도 안 갈 거야?"

"맹세하는데 엄마에게 한 마디도 하지 않을 거야. 바이러스가 사라지기만 하면 당장 이 집에서 나가버릴 거야."

나는 당황해서 어쩔 줄 몰랐다. 아홉 살 때는 사람들이 하는 말을 진심으로 받아들이는 경향이 있다.

"나만 여기 혼자 남겨두고?"

"주말마다 보러 올게. 아빠하고 만나듯이 약속을 해서 카를로 할아버지 관리사무실 앞에서 만나자."

"어쨌든 우리는 서로 등을 맞대고 항상 같이 있는 거지?"

"물론이지, 바보."

잠시나마 누나를 웃게 만들었다.

"이제 나 혼자 있게 좀 해줄래?"

테아 아버지도 그렇고, 누나도 그렇고, 왜 모두 나를 밀어내는 걸까? 나는 재채기가 나오는 것을 참았지만 터져 나오는 기침을 멈출 수는 없었다. 너무 숨이 막혀서 바람을 쐬러 발코니로 나가지 않을 수가 없었다.

"할머니, 거기 계세요?"

"잠깐만, 아가……. 자, 발코니에서 몸을 내밀고 밑으로 내려가는 것을 받아!"

위층에서 줄에 매달린 플라스틱 컵이 내려오는 게 보였다.

"컵을 귀에 대봐!"

갑자기 젬마 할머니의 목소리가 귓속에서 크게 울렸다.

"내 목소리 들리니?"

"너무 잘 들려요, 할머니. 이거 어디서 사셨어요?"

"옆집 할아버지가 만들었단다. 내 손자가 할머니와 이야기할 색다른 방법을 찾는다고 말했더니 오늘 아침에 문 앞에 두고 갔더구나. 굉장하지 않니?"

"컵 전화기요?"

"아니, 도나티 씨 말이야."

도나티 씨는 젬마 할머니와 같은 층에 사는 할아버지로, 병든 아내와 함께 살았다. 도나티 부부는 할머니보다도 나이가 더 많았다. 나는 도나티 부인을 딱 한 번 봤는데, 성인용 보행기를 짚고 걸으며 의미 없는 말을 웅얼거리는 모습에 깜짝 놀랐던 기억이 난다. 병든 노인과 갓 태어난 아기의 모습이 크게 다르지 않다는 걸 그땐 알지 못했다. 그러니까, 기저귀를 차고 이가 하나도 없이 잇몸만 있는 입으로 미소를 지으며 그들에게만 보이는 세상, 어쩌면 실제 존재하지 않을지도 모를 세상을 물끄러미 바라보고 있는 것 말이다.

바이러스가 터지기 이전에 할머니와 도나티 씨는 그저 지나치며 가끔씩 인사를 주고받는 사이였지만 지금은 같은 시간에 발코니에 앉아 서로의 인생 이야기를 나누며 시간을 보냈다.

"계속 자기 아내 이야기를 해."

젬마 할머니가 말했다.

"자기를 알아보지도 못하는데 아내 입에 음식을 넣어주고 돌보며 시간을 보낸다더구나. 왜 그러는지 아니?"

"벌을 받아서요?"

"아니야, 아가. 사랑 때문이지. 보상을 바라지 않는 진실한 사랑, 그거면 충분하단다."

할머니는 도나티 씨가 이따금 아내가 노래를 하도록 레코드를 틀어준다고 말해주었다. 아내의 목소리가 아름다웠는데 얼마 전부터 노래하는 법을 잊어버린 것 같다고 한다. 마치 록다운이 노래하고자 하는 의욕을 빼앗아 가버린 것처럼.

도나티 씨는 정년퇴직을 한 뒤 자신에게 숨어있던 발명가 기질을 발견했다. 가장 최근 발명품은 샴페인 잔을 받쳐주는 받침 막대였다. 그 위에 잔을 올려놓고 손을 뻗으면, 발코니에서서 다른 사람들과 건배를 할 수 있었다. 하지만 그 받침 막대는 최신 발명품의 자리를 컵 전화기에게 물려주게 되었고 나는 그 성능을 시험해보고 싶어 안달이 났다.

"할머니!"

내가 컵에 대고 소리를 질렀다.

"엄마가 안드레이 때문에 화가 많이 났어요! 안드레이가 로사나 누나를 도와서 남자친구를 만나게 해주려고 했거든요! 그래서 우리가, 그러니까 나하고 누나가 짐칸에 올라탔어요! 그런데 반니 아저씨가 우리를 보고 신고를 해버렸어요! 그래서 경찰이 왔거든요? 누나는 지금 집에서 달아나고 싶어 해요!"

"천천히 말해, 아가. 할머니 귀가 터질 것 같아."

"할머니, 모두가 모두에게 화가 나 있어요."

"샤워를 하라고 말해보지 그랬니?"

"화가 났다고요, 땀을 흘린 게 아니라."

"샤워는 용서야. 용서를 하면 기분이 깨끗해져서 이전에 입었던 옷이 더럽게 느껴지지. 그러다보면 새 옷을 입고 싶다는 생각만 든단다."

늘 그렇듯 젬마 할머니 말은 수수께끼 같다.

그날 밤 잠자기 전 의식을 거행하는 동안 나는 <스타비스킷>의 모험을 핑계 삼아 엄마에게 살아가는 이유가 뭔지 물어보았다. 하도 오랫동안 대답이 없어서 엄마가 잠이 들었다고 생각할 정도였다. 얼마나 지났을까, 엄마가 갑자기 정말 예쁜 손을 쫙 펴더니 그 손을 내 눈 가까이로 가져왔다.

"보이지, 마티아? 할머니는 집게손가락이야. 로사나는 가운데 손가락 너는 넷째 손가락, 이레네 이모는 새끼손가락이야. 엄마가 살아가는 이유는 이 손가락들이 각자 떨어져 나가지 않고 한 손에 모여 있는 거야."

손가락을 세어보고 또 세어보았지만 이해되지 않는 게 하나 있었다. 손가락은 다섯 개인데 엄마는 네 개만 말했다. 빠진 엄지손가락은 누구일까? 제노 조르치일까 아버지일까?

소심함과 한참을 싸우다가 드디어 엄마에게 물어볼 용기를 냈다. 이번에는 더 오래 기다려야 했다. 엄마가 진짜 잠들었기 때문이다. 엄마는 침대 끝에 웅크린 채 조용히 코를 골았다.

나는 잠이 오지 않았다. 바이러스 때문에 사이렌 소리가 요란하게 울려 퍼질 때 나는 거실로 달아났다. 안드레이가 아직 깨어있는지 컴퓨터 불빛이 희미하게 보였다.

안드레이가 슬리퍼를 신은 채 쿠션 위에 발을 올려놓고 소파 침대에 엎드려 있었다. 아이패드 화면에 고개를 박고 텅 빈 두오모 광장 사진들을 넘겨보는 중이었다.

"애피타이저를 즐기려는 사람들로 북적이던 세상에 이제 사람 그림자 하나 안 보이는군."

그가 투덜거렸다.

"너 사람들이 어떤지 아니, 챔피언? 화를 내고 반대를 하고 협박을 하지만 결국에는 모든 일에 적응을 해."

"뭐하시는 거예요?"

내가 물었다.

"잠을 청하려고 기사를 읽는 중이야. 여기 좀 봐라, 인도에서 경찰이 외출허가서를 가지고 있지 않은 사람을 세워 놓고 공책에 '죄송합니다'를 500번 쓰게 했대."

"그럼 경찰이 아니라 선생님인데요."

"그 사람에게는 그 정도인 게 다행이었지. 인도네시아에서는 과감하게 외출을 시도한 사람에게 유령들이 우글거리는 집에서 하룻밤을 보내라는 형벌이 내려졌다는데."

아버지가 주방으로 가서 나도 따라갔다. 그가 주방 유리창에 이마를 댔다. 유리에 그의 다크서클이 반사되었다. 혹시 그가 진짜 유령이고 나는 그와 함께 살아야 하는 형벌을 받은 게 아닐까.

"그런데 지금 뭐하시는 거예요?"

"밖을 보고 있어, 챔피언. 엄마가 거실로 나가는 걸 금지해서 딱히 할 일이 없어서……. 그렇지만 너한테 비밀 하나를 알려주고 싶어."

나는 그가 왜 우리 집에 오게 되었는지 진짜 이유를 말해주기를 잠시나마 기대했다. 하지만 그는 반니 아저씨의 집을 가리켰다.

"보이니?"

"뭐가요?"

"화장실. 네 친구 아버지가 한 시간째 저 안에 있어."

"그래서요? 배가 아픈가 보죠."

"커튼 뒤로 얼핏 보이는 저 불빛이 의심스럽지 않니? 휴대폰이야, 마티아. 반니는 자기 아내에게 들키지 않으려고 화장실에 숨어서 공범들과 통화를 하는 거야. 도둑질을 준비하는 중이지."

아버지는 반니 도적단의 일당은 일곱 명인데 그들끼리 서로를 이탈리아 도시 이름으로 부른다고 설명해주었다. 변기에 앉아 있는 반니는 토리노로 알려져 있고 대장 이름은 로마였다. 본명은 오레스테 디 폰초이긴 하지만 말이다. 대장은 이가 하나도 없어서 도둑질한 물건들을 잇몸으로 물어뜯었다.

난 차가운 우유 잔을 든 채 도적단 이야기를 가만히 듣고 있었다. 도둑들은 밀라노의 슈퍼란 슈퍼를 다 털고 난 뒤 유례없는 약탈을 준비 중이었다. 바로 아마존 씨를 터는 일이었다. 아마존 씨는 세상이라는 성이 바이러스가 오는 길을 차단하기 위해 성문을 닫아버린 이후로 전사들을 세계 곳곳으로 보내 막대한 돈을 벌어들이는 유일한 사람이었다.

나는 졸음이 쏟아져 눈이 자꾸 감겼지만 안드레이가 나를 안아서 침대로 데려다 주려는 동작을 하자마자 얼른 눈을 떴다.

"아버지 구역에서 나가면 안 돼요."

그가 매 맞은 강아지처럼 슬픈 표정을 지었다.

"내 부탁 하나만 들어줄래?"

'싫어요'라는 말을 하고 싶은 마음이 굴뚝 같았지만 차마 입 밖으로 내지 못하고 입을 삐죽였다.

"내일 로사나에게 내 컴퓨터 좀 잠깐 갖다 주겠니? 다미아노와 대화하게 말이야."

"누나는 벌을 받고 있어요!"

"메시지 하나 보낸다고 사형 선고가 달라지는 것도 아니잖아."

"그럼 직접 갖다 주지 그러세요?"

"나도 벌 받는 중이잖니, 잊었어?"

"좋아요."

누나를 위해 그렇게 하기로 했다. 오로지 누나만을 위해서.

"마지막으로 하나만 더, 챔피언. 혹시 공책 한 권 빌려줄 수 있을까?"

온라인 수업이 시작되면서 학교는 엄마의 컴퓨터로 옮겨졌지만 숙제는 예전보다 더 나를 괴롭혔다. 학교에서 수업을 받을 때는 숙제를 집에서 했는데 이제 집에서 수업을 받으니 숙제는 학교에서 해야 하는 거 아닌가? 내 생각과는 반대로 접시에 담긴 펜네처럼 숙제는 전부 다 주방의 식탁 여기저기에 흐트러져 있었다. 열심히 숙제를 해치우려 했지만 엄마의 파스타처럼 결코 끝이 나지 않았다.

그중에서도 최악은 미술 숙제였다. 선생님은 하루에 그림 하나를 제출하는 것으로 만족하지 않았다. 그린 그림을 창문에 걸어놓고 그것을 사진으로 찍어서 보내라고 했다. 그날 오후 나는 총천연색으로 지로톤도손을 잡고 원을 만들어 노래에 따라 빙글빙글 도는 놀이 하는 아이들을 그려 길이길이 남을 명작을 만들 생각이었다. 처음 그린 두 장은 그저 그래서 구겨진 채 휴지통에 버려졌고 벌써 세 번째 시도를 하는 중이었다.

"그림 그리는 거 좋아하니?"

아버지가 물었다.

"보면 모르세요? 똥손이에요."

"나는 너보다 훨씬 더했는걸."

아버지가 도화지에 지로톤도를 그렸는데 진짜 빙빙 도는 것 같아서 머리가 어지러웠다.

"마음에 드니?"

내가 고개를 끄덕였다. 안드레이는 색연필을 든 용이었다. 그가 조금 전에 한 말은 거짓이었다.

"숙제 다 했니?"

내가 다시 고개를 끄덕였다. 이번에는 내가 거짓말을 했다.

"그럼 나하고 맨 위층에 사는 부인에게 가자. 산책을 하게 그 부인의 개 한 마리를 빌려달라고 부탁하는 거야. 그러면 이번에는 경찰이 우릴 막지 못할걸."

나는 그 계획에 절대 반대라고 말했다. 아버지의 금지령이 아직 유효해서 주방 밖으로 나오지 못하는 건 둘째 치고, 마녀의 개를 데리고 산책을 할 생각이 눈곱만큼도 없었다.

"자명종이 절대 개를 빌려주지 않을 거예요."

"어린이에게는 안 된다고 말하지 못할 거야."

"그럼 혼자 가세요. 엄마가 아버지도 어린아이라고 하잖아요."

자명종은 어린이라면 몇 살이든 다 끔찍하게 싫어했는데 그건 일부러 말하지 않았다.

"챔피언, 너 내일 또 미술 숙제 있지 않니?"

그게 대가라면 할 수 없었다.

5분 뒤 나는 이 세상에서 내가 꼭 해야 한다면 제일 마지막에 할 행동을 실행에 옮겼다. 바로 자명종이 사는 동굴의 초인종을 누른 것이다.

"아주 외로운 사람이야."

계단을 올라가는 동안 아버지가 말했다.

"반갑게 맞아줄 테니 두고 봐. 금방 목소리를 들을 수 있을 거야."

실제로 금방 목소리가 들렸다. 다만 그 목소리가 올가미 던지는 소리와 비슷했을 뿐이다.

"무슨 일인가요?"

자명종이 퉁명스레 물었다. 나는 마스크 위로 튀어나온 무사마귀에 기절할 듯 놀랐다.

"안녕하세요, 부인."

안드레이가 입을 크게 벌리며 미소를 지어 두 볼이 세계 지도 만큼이나 넓어졌다.

"제 아들이 부인에게 도움이 되는 일을 하고 싶답니다. 지금 같은 시기에 우린 모두 한 배를 탔으니까요."

"그렇다고 모두가 다 폭풍우 속에 있는 것은 아니지요."

그녀가 무뚝뚝하게 대답했다.

"마티아가 부인 집 개 한 마리와 산책하기를 간절히 바라고 있답니다."

"간절함은 그냥 그대로 가지고 있는 게 좋겠어요. 그리고 또 아드님에게 한 마리만 줄 수가 없어요. 우리 개들은 항상 같이 외출하거든요."

닫힌 문 뒤에서 개들이 헐떡거리는 소리가 들렸다.

"전부 몇 마리인가요?"

아버지가 여전히 미소를 지은 채 물었다.

"다섯 마리요. 모두 덩치가 아주 큰 녀석들이에요."

갑자기 기침이 미친 듯이 터져 나오는 바람에 나는 뒤로 물러나야만 했다.

"알레르기 때문이랍니다."

안드레이가 자명종을 안심시켰다.

"아드님이 개털 알레르기가 있는데 개들을 산책시키고 싶다는 거예요?"

자명종은 경멸의 눈으로 우리를 쳐다보았다.

"개가 아니라 식물 알레르기예요."

"내가 어떻게 해줘야 하나요? 제초제라도 줘야 해요?"

"방금 전에 말씀드렸잖아요. 제 아들이 부인에게 도움이 되는 일을 하고 싶답니다."

"그럼 거리에 내보내 다른 개들이 싸놓은 개똥이나 주우라고 하던지!"

그러더니 우리 면전에서 문을 쾅 닫았다.

자신 있게 올라갔던 계단을 내려오는 동안 안드레이는 전혀 실망한 기색이 아니었다. 안드레이가 이제 피치포나 로사나 누나의 봉제 인형들 가운데 하나를 목줄에 매달아 끌고 나갈 궁리를 하고 있을 때 엄청나게 큰 쓰레기봉투를 들고 엘리베이터로 들어가는 반니 아저씨가 보였다.

아버지가 흥분한 목소리로 말했다.

"너도 봤지, 마티아? 도둑질한 물건들을 들고 있어!"

"쓰레기봉투 속에요?"

"당연하지. 그리고 옷차림 봤지? 넥타이를 매고 재킷을 걸쳤잖니. 이게 쓰레기 버리러 가는 사람 옷차림이니? 점심을 먹는 강도처럼 마스크를 턱에 걸치고 있잖아? 상당히 의심스러워, 마티아. 뒤를 밟아보자."

어쩌다가 아버지의 이야기를 진심으로 믿게 되었는지는 모르지만, 나는 이미 그 이야기에 깊이 빠져 있었다. 어쩌면 구분하고 싶지 않았을지도 모른다. 그 세계는 현실과 나란히 있었는데 나는 현실 세계에서처럼 공포를 크게 느끼지 않았다. 그리고 그것은 아버지와 유일하게 공유하는 게임이었다.

아버지와 나는 기둥 뒤에 숨어서 마당 끝 쪽에 있는 쓰레기통에 쓰레기를 버리는 반니 아저씨를 지켜보았다.

"계획의 일부야."

안드레이가 내게 설명했다.

"이제 자기 집으로 올라가서 다시 화장실에 들어가 공범 중 한 명에게 전화를 할 거야. 내가 보기엔 볼로냐일 것 같은데. 아니면 피렌체이거나."

"그럼 피렌체가 어떻게 할까요?"

"시 청소차로 위장한 트럭을 타고 와서 쓰레기통에 버린 물건을 꺼내 비밀 장소로 옮기는 거지."

"쓰레기통 뒤지는 것 좀 보세요!"

나는 완전히 흥분해서 아버지에게 말했다. 반니 아저씨의 머리가 거의 쓰레기통 안에 들어가 있었다.

"돈 뭉치가 떨어져서 그걸 찾고 있는 걸 거야. 악취가 얼마나 나겠니!"

내가 웃음을 터뜨렸다. 바로 그 순간 도둑이 우리를 발견하고 인류의 구원자 같은 눈으로 우리를 보았다. 그는 태연한 척하며 인사했지만 사실 일을 반쯤 밖에 마치지 못한 상태에서 들켜서인지 약간 짜증스러워 보였다.

"두 사람은 맨날 돌아다니나 봐요?"

그가 말을 꺼냈다.

"이번에는 누구를 부를 작정인가요, 해군인가요?"

아버지가 대답했다.

반니 아저씨는 정색을 하고 마치 우리가 눈에 보이는 천국을 가로막고 있는 울타리라도 되듯 쳐다보았다. 딱딱하게 굳은 그가 왠지 병자 같았다. 의심이 없는 사람은 사람이 아니라고 예전에 할머니가 말해주었다.

"안드레아, 난 변호사는 아니지만 자신이 잘못했을 때 남을 공격하는 사람을 가릴 줄은 알아요."

"언제든 잘잘못을 가릴 수 있으니 좋으시겠습니다. 인생은 정글일 수 있지만 도끼질을 하며 앞으로 나갈 수는 없어요."

"어떤 도끼냐에 달린 거지요, 안 그렇습니까?"

"그럼 당신 도끼로 발등이나 찍지 않길 바랍니다."

반니 아저씨는 자신의 행동이 정당했다는 것을 강조하고 싶은 듯 방금 쓰레기통을 뒤지고 있던 이유를 설명했다.

이틀 전 슈퍼마켓에서 뜻밖에도 측량사 고티 씨를 만났다고 했다. 고티 씨는 슈퍼마켓에서 물티슈를 지나칠 정도로 많이 구입했다. 그래서 고티 씨가 혹시 쓰레기통에 물티슈를 버렸는지 확인하러 왔다는 것이다. 물티슈의 흔적도 찾을 수 없는 것으로 보아, 그 미개한 자가 변기에 물티슈를 마구 버려 하수구가 막힐 위험을 초래했을지도 모른다는 의심이 강하게 든다고 했다.

'바로 그 하수구에 아저씨 아들이 내 물고기를 던져버렸어요.'

그렇게 말하고 싶은 것을 간신히 참았다. 마우로 가족은 모두 변기와 하수구에 강박관념이 있는 게 틀림없다. 이번에는 혼선을 불러일으키려고 그 강박관념을 이용하는 게 분명했다.

"넥타이가 아주 근사하군요. 환경 지킴이들의 새 제복인가 봅니다."

반니 아저씨는 아버지의 빈정거림을 알아차리지 못했다.

"트레이닝복만 입고 살 수는 없으니까요. 요즘은 쓰레기 버릴 때 말고는 우리가 제대로 차려 입을 기회가 없지요, 안 그렇습니까?"

"잘 모르겠군요, 전 너무 게을러서 말이지요."

안드레이가 대답했다. 반니 아저씨는 웃음기도 보이지 않은 채 자리를 떠났다. 그는 다른 사람을 험담할 때가 아니고는 절대 웃는 법이 없었다.

날개를 단 나의 상상력은, 반니 아저씨가 아버지가 파놓은 함정에 걸려들었다는 결론에까지 이르렀다. 죽을 만큼 만나고 싶은 사람이 있어서 멋진 옷을 입고 외출을 했다는 걸 인정한 거 아닐까? 그리고 그렇게 만나고 싶은 사람이 공범이 아니면 누구겠는가? 사실상 우리에게 완전히 자백을 한 셈이다.

사람들은 어느 것에나 익숙해진다. 바이러스에, 하수구에, 줄리오 마우로의 아버지에, 심지어 나의 아버지까지.

이제 아버지를 쫓아버리는 게 그리 급하다는 생각이 들지 않았다. 하지만 엄마 생각은 달랐다. 엄마는 왜 아버지가 자기 발로 집에서 나가지 않는지 점점 더 이해가 되지 않았다. 아버지는 끊임없이 지름길을 찾는 게 인생이라고 했지만 엄마는 인생에 대한 아버지의 생각이 언제나 의문이었다. 결국 어느 날 저녁, 극에 달해있던 긴장감이 폭발하고 말았다. 평생 잊지 못할 저녁이었다.

사건의 발단은 엄마의 사탕이었다. 엄마가 제일 좋아하는 민트 사탕이 바닥났고 그 사실을 엄마가 알게 되었다. 엄마는 담배를 피지 않았고 초콜릿도 먹지 않았으며 술이나 가당 음료를 마시지도 않았다. 음식도 유기농으로 만든 게 아니면 입에 대지도 않았다. 엄마의 유일한 마약은 그 사탕이었다. 엄마는 약국에서 그 사탕을 팔지 않는 것을 안타까워했다(약국은 록다운으로부터 자유로운 몇 안 되는 곳 중 하나였다). 하다못해 사탕을 사러 나갈 핑계거리라도 있었으면 했다.

아버지는 주방에서 한 발짝도 벗어나지 말라는 엄마의 명령 때문에 며칠째 거실로 나오지 못하고 주방에서 서성거렸다. 그러다가 완전히 자제력을 잃어버리고 말았다.

"저들이 우리를 어떤 꼴로 만들었는지 이제 알겠지? 사탕 한 봉지 때문에 죄책감을 느끼게 하잖아. 이제는 바이러스 방울들이 공중에 떠다닌다는 걸 발견했나 보던데? '드롭플리츠'라고 부르더군. 무식하면 무식할수록 영어를 더 쓰니까. 어느 날 밤 갑자기 정부가 숨 쉬지 말라는 법령을 공포한다고 해도 놀라지도 않을 거야."

"안드레아, 아는지 모르겠지만 우린 지금 위기 상황이야."

"우린 언제나 위기 상황이었어, 타냐. 어느 날은 바이러스 때문에, 어느 날은 테러 공격 때문에, 또 어떤 날은 주식이나 끔찍한 기후 때문에. 모두 조금씩 우리의 자유를 빼앗아가고 있어. 심지어 우리의 동의하에!"

"하라는 대로 하는 게 얼마나 좋은지 알아? 그것도 겨우 몇 주잖아? 하라는 대로 하면 그만이야!"

"파시스트!"

아버지가 엄마에게 소리를 질렀지만 나는 그게 무슨 뜻인지 몰랐다. 어쩌면 아버지도 그랬을지 모르겠다. 아버지는 미친 사람 같은 눈으로 우리를 바라보더니 현관문 쪽으로 성큼성큼 걸어가 문을 쾅 닫았다.

"떠난 거예요?"

내가 엄마에게 물었다.

"다시 올 거야. 다시 올 거야……."

엄마 말이 맞았다. 안드레이는 두 시간 뒤에 새로운 벌금 고지서를 외투 주머니에 찔러 넣은 채 돌아왔다. 그는 큰 거리 끝까지 걸어갔다가 주유소의 작은 가게 앞에서 경찰에게 제지당했다.

경찰이 진술서를 보여 달라고 하자, 안드레이는 업무상 사용하는 자동차에 주유를 하러 외출한 거라고 설명했다. 그러자 경찰이 자동차는 어디 있냐고 물었고 안드레이는 지금은 가져오지 않았다고 대답했다.

"자동차도 없이 주유하러 왔다는 말을 경찰이 믿어줄 거라고 생각했단 말이야? 당신 정말 바보구나?"

엄마가 웃었다. 안드레이는 대답 대신 식탁에 민트 사탕 한 봉지를 올려놓았다.

"생각해줘서 고마워."

엄마가 깜짝 놀라서 말했다. 그러더니 소녀 같은 목소리로 말했다.

"엄청 비싼 사탕이네……. 그런데 내가 한 말 미안해. 당신이 오해를 해서……."

그때 복도에서 비명 소리가 들렸다.

"엄마! 아빠! 빨리 와 보세요!"

주방에 누나가 나타났다. 두 손을 떨고 있었고 얼굴은 녹아 버린 버터 색이었다.

아버지가 당장 누나에게로 뛰어갔다. 엄마는 뭔가를 예감한 듯 내 쪽을 돌아보며 꼼짝 말고 제자리에 있으라고 명령했다. 이 집에서 벌을 받은 사람은 모두 자기가 가고 싶은 곳으로 달려갈 수 있는데 나만 여기에 있으라고? 나는 명령에 복종하지 않기로 하고 위험을 무릅쓴 채 누나 방으로 들어갔다.

방 안에 있는 모두의 눈이 텔레비전을 향해 있었다. 누나가 흐느껴 울었고 아버지가 어깨를 토닥여주었다. 엄마는 벽에 기대서서 분노로 입술을 깨물었다. 엄마는 절망 상태에서도 안전거리를 유지하며 고통스러워하는 편이었다.

화면에는 군용 트럭이 끝도 없이 지나갔다. 내 방 창턱에 서 있는 모형 트럭과 똑같은 트럭이었다. 다만 텔레비전 뉴스에 따르면 트럭에 여러 개의 관들이 실려 있다고 했다.

아홉 살이었던 나는 죽음에 대해 잘 몰랐지만, 그 트럭 어딘가에 우리 할머니가, 누나가 또 엄마가 누워 있을 수도 있다는 사실 정도는 분명하게 알았다. 빨간 금붕어 같은 운명을 맞는 건 순간이었다. 줄리오 마우로가 금붕어를 욕실 변기에 쏟아 버리고 난 뒤 퍼프에게 하수구 너머에는 뭐가 있는지 물었다.

그러자 퍼프가 대답해주었다. 바다가 있다고.

나는 저 많은 관들이 어느 바다에서 헤엄치게 될지 알고 싶었다. 하지만 동시에 너무 불안해서 철학적인 생각을 하고 있기가 힘들었다. 그저 아무 인형이나 꺼내 불안이 가실 때까지 만지고 싶었을 뿐이다.

다른 집들은 불이 다 꺼져 있었다. 바이러스가 우리 아파트 위에서 숨 쉬고 있는 기분이었다. 눈을 감기만 하면 모래 가면을 쓰고 닫힌 창문들 쪽으로 숨을 내쉬는 바이러스가 보였다.

나는 씻지도 않고 침대에 몸을 숨겼다. 용기의 액체를 다섯 방울 삼킨 뒤 엄마에게 <스타비스킷>의 새로운 모험 이야기를 들려주었다. 꼬마 비스킷은 아직도 '이유'를 찾아 여행 중이지만 모든 간식들이 같은 말만 했다.

"이유는 모두 똑같아. 우리는 사람들에게 먹히려고 세상에 태어났어."

엄마는 아무 말이 없었고 이불을 잘 여며주면서 내 귀에 대고 속삭였다.

"다 잘 될 거야."

"그럴 거라고 믿어요, 엄마? 난 다 잘 안 될 것 같아요."

"고통은 언제나 있었고 앞으로도 항상 있을 거야, 마티아. 다 잘 될 거라는 말이 고통을 없애는 데 도움이 되지는 않지만 고통을 견뎌낼 수 있게 해줘. 엄마 말을 믿어."

엄마를 실망시키지 않으려고 알았다고 말했지만 무서운 생각을 하며 잠이 들었다. 만일 이런 밤들이 드디어 다 지나가면 그때는 아무도 믿지 못하는 건 아닐까?

엘리베이터

뉴스가 전해지고 난 이후부터 격리 생활은 그냥 일상이 되었다. 이제 아무도 발코니에서 노래를 부르지 않았다. 밤이면 창문마다 내려진 블라인드 사이로 푸르스름한 텔레비전 불빛이 언뜻 보였다. 박수소리도 사라졌다. 어떤 창문에서인가 자제력이 바닥난 어떤 사람의 고함 소리가 울려 퍼졌으나 그런 소리에 누구도 응답하지 않았다. 멀리서 들려오는 아이 울음소리나 너무 큰 오디오 소리는 히스테리라는 기계를 작동시키기에 충분했다.

마치 우리 모두가 실험 대상이 된 기분이었다. 몇 시간 동안 공기를 마시지 못하고 극한의 하루를 보내야 하는 생존 실험. 사람들은 집이라는 밀폐된 공간에서 서로의 눈을 바라볼 수밖에 없었으며 어떤 사람은 그마저도 못하고 거울속의 자신의 눈을 보는 것에 만족해야 했다.

현자들은 이런 상황 속에서 잃어버린 가치를 재발견하라고 설교했지만 대부분은 그 설교에 공감하지 못하는 데서 나오는 죄책감을 견뎌야 했으므로 서로 간의 피로만 더해졌다. 몇

몇 사람들의 생각과 달리 인간의 전유물인 나르시시즘이나 탐욕을 공격한 전염병은 유례가 없었다.

우리 가족도 폭발하지 않은 지뢰, 아니 폭발하기를 포기한 지뢰였다. 로사나 누나는 엄마와의 휴전 협정에 서명을 하고 컴퓨터를 되찾았지만 침대에 아무렇게나 누워 하루하루를 보냈다. 화면에 친구인 소피아나 명랑한 다미아노의 얼굴이 등장할 때에만 생기를 되찾았다.

엄마는 언제든 불을 꺼야 하는 사람처럼 집안을 배회했다. 모두와 거리를 유지했지만 그와 동시에 모두를 시야에서 놓치지 않으려 애썼다. 엄마도 꼼짝하지 못하는 생활에 체념한 듯했다.

이런 생활을 받아들이지 않는 사람은 안드레이뿐이었다. 그는 인간들은 두려움을 느끼면 자유보다 안전을 우선시하는 경향이 있다며 투덜거렸다. 안드레이는 주방에서 나를 마주칠 때마다 내가 마치 다음 탈출의 공범이라도 되는 것 같은 눈으로 쳐다보았다. 그 점에서도 우리는 달랐다.

나는 집에서 나가고 싶은 마음이 조금도 없었다. 가끔 마당에 나갈 기회가 생기면 언제나 나가지 않을 핑계를 댔다. 아주 가끔 용기의 나무 쪽으로 가는 일이 있어도 아파트 출입문에서 멀리 떨어져 있으려 최대한 조심했다. 그때 나는 앞으로 평생 출입문 밖으로 나가는 일은 없으리라고 확신했다. 상상으로만 그 밖으로 나가는 훈련을 했다.

나는 밖에 나가는 대신 집에서 정리에 열을 올렸다. 마스크를 차곡차곡 쌓아서 끝과 끝이 맞닿게 정리했고 펜들을 장난감 병정처럼 한 줄로 정렬했다. 누나가 욕실 옷걸이에 블라우스를 걸어놓거나 엄마가 거실 탁자에 책을 올려놓기만 하면, 집안의 질서를 어지럽히는 그 물건들을 얼른 아무 서랍이나 제일 가까운 곳에 집어넣었다. 다만 아버지의 물건만은 손대지 않았다. 집안을 제일 어지럽히는 동거인이기는 했지만 말이다. 아버지의 물건에 신경을 쓴다는 것은 그가 이미 내 일부분이 되었다는 사실을 인정한다는 의미일지도 몰랐다.

그 시절, 우리 가족을 비롯해 전 세계인이 우울했지만 다른 누구보다 카를로 할아버지에게 그 징후가 훨씬 더 크게 나타나는 듯했다. 할머니는 이 달의 독서로 《약혼자들》을 읽어오라고 한 것을 후회했다. 할아버지 말이, 페스트에 관한 장을 읽다보니 고삐 풀린 망아지 같은 상상력을 제어하지 못해서 어디든 전염병을 퍼뜨리는 사람들밖에 없는 기분이 든다는 것이다. 그리고 어쩌면 그런 사람을 구별 가능한 사람은 자신밖에 없을지 모른다고도 했다.

어느 날 아침 엘리베이터 문에 누군가 빨간 매직펜을 사용해 대문자로 글을 썼다. 수간호사를 겨냥한 글이었다.

"매일 병원에서 바이러스를 가져다줘서 고맙다!"

로사나 누나는 그 글을 쓴 사람이 저주의 말을 두 번 사용해서 더욱 훌륭하다고 내게 말해줬는데 안타깝게도 카를로 할아버지가 알코올로 앞부분을 지워버려서 나는 제대로 읽지 못했다.

발코니에서는 온통 그 이야기뿐이었다. 누구 짓일까? 좋은 일을 하는 사람에게 왜 그렇게 화가 난 걸까? 아버지의 말에 따르면, 자비로운 행동을 하는 간호사 이야기를 신문으로 읽으면 사람들은 감동한다. 그 간호사가 다른 도시에, 최소한 다른 동네에 산다는 조건하에 말이다. 어떤 영웅도 자기가 사는 아파트에서는 크게 인정을 받지 못한다고 했다.

'호모 호미니 비루스Homo homini virus, 사람에게 사람은 바이러스다'가 아버지의 격언이었다. 그런데 생각해 보니 반니 아저씨는 팬데믹이 우리의 삶을 더 낫게 만들 거라고 말했었다.

최근 여러 가지 사건으로 보아 반니 아저씨가 내 용의자 명단의 첫 번째 자리로 뛰어올랐지만 안드레이는 동의하지 않았다. 그가 수간호사의 남편이라는 이유 때문이다. 그리고 뭔가 악담을 쓰고 싶었다면 직접 자기 집 벽에 쓰면 되는데 구태여 힘들게 엘리베이터 문에 쓰지 않았으리라는 것이다. 게다가 아마존 씨를 털기 바로 전날 밤 소란을 일으키는 데 무슨 관심이 있겠는가? 이런 방향으로 이야기를 하다 보니 이전보다 더 확신이 들었다.

반니 아저씨가 아니면 누구란 말인가?

퍼프는 2층에 사는 테아 아버지를 의심했지만 안드레이는 바이올린으로 그렇게 감성적인 연주를 하는 사람은 그런 계획을 꿈조차 꿀 수 없다고 말해주었다.

용의자의 목록에 마지막 이름을 집어넣었다. 그러나 내가 그 용의자 이야기를 하려고 하자 아버지가 일그러진 미소를 지으며 내 이마를 쓰다듬듯 살짝 건드렸다. 아버지의 손이 차디찼다.

이레네 이모는 원래 불평이 많고 투덜거리는 성격이었는데 록다운 상황에서 혼자 살면서 그런 성향이 더 강해졌다. 누구보다 영상통화를 싫어했던 이모는 이제 하루에 다섯 번씩이나 엄마에게 전화를 걸었다.

이모는 친구 하나 없다고 하소연을 했다. 게다가 주머니에 공룡 모형을 잔뜩 가지고 다니던 그 남자친구도 이제 없다. 남자친구는 다른 브론토사우루스가 생겨 이모를 떠나버렸다. 바에서 친구에게 속내를 털어놓기도 불가능한 지금 같은 시기에 말이다.

엄마가 이모에게 방금 친구 하나 없다고 하소연하지 않았냐고 묻자 이모는 코가 떨어져나갈 정도로 세게 코를 풀어서 엄마를 휴대폰에서 떼 놓았다. 마치 콧물이 엄마에게까지 튀기라도 하듯이 말이다.

그 후 며칠 동안 두 사람은 전화를 하지 않았다. 그러다가 이모가 완전히 딴 사람이 되어 다시 나타났다. 세상이 하루가 다르게 미쳐가는 동안 이모 같이 미친 사람들이 자신의 건강을 과시하기 시작하며 벌어진 일이었다.

"너 금발로 염색했네? 로마 미용사들도 집에서 꼼짝하지 못할 텐데……."

엄마가 꼬집어 말했다.

"미용사들이야 그렇지만 나는 아니야. 지금처럼 이렇게 인생이 내 앞에 활짝 펼쳐 있던 때가 없었어!"

"그 사람 소식은?"

"무슨 소리야! 이제 위험에서 잘 벗어났다고 생각한다니까. 어떤 남자가 너를 더 이상 아프게 하기 싫어서 떠난다고 말하면, 그건 이제 사랑하지 않는다는 뜻이야. 나를 여전히 사랑한다면 아프게 할지언정 절대 그렇게 떠나지 않겠지."

“네가 거기 혼자 있다는 생각을 하면 마음이 너무 아파.”

엄마는 이런 말을 하면 이모가 행복할 거라 믿으며 위로를 했다.

“지금 우리는 모두 혼자잖아. 외출을 할 수 없으니 어디 가서 숨을 수도 없어. 이제 거울을 보면서 울지 않아. 눈물이 났다면 머리를 자르지 못했겠지. 그런데 언니야 말로 생각이 많아 보여. 안드레이와는 어떻게 돼가고 있어?”

“이따금 그 사람이 스프링처럼 튄다는 착각을 해. 식당을 차리는 게 그 사람 꿈인 거 기억하니? 애피타이저부터 후식까지 다 쌀로 된 요리만 파는 식당 말이야. 나쁜 생각이라는 말은 아니야. ‘씁쓸한 쌀’이라는 식당 이름만 빼고<씁쓸한 쌀>은 1949년 주세페 데 상티스 감독이 제작한 영화다.”

“식당 리모델링은 끝났어?”

“응. 세상이 다 문을 닫고 있는 시기에 식당 문을 연 거지.”

“그게 안드레이 특유의 사업 감각이잖아. 내가 언니였다면 절대 집에 들이지 않았을 거야. 어떤 사람인지 알잖아. 그건 그렇고 우리의 제노 씨는 어때?”

“계속 자기 엄마 집에 살아.”

“대단한 사람이야.”

“반지를 받았어, 슈퍼마켓에서 줄 서 있는 동안에. 너무 낭

만적이지 않니?"

엄마가 엄지손가락에 낀 양파 모양의 꼴사나운 반지를 이레네 이모에게 보여주었다. 나는 흠칫했다. 엄마의 손에서 빠져있던 한 손가락이 더블 제트라는 증거였다.

"언니가 원했던 거 아냐?"

이 말을 마치자마자 이모는 갑자기 화면에서 사라졌다. 연결이 잘 안 된다는 엄마의 말이 들렸다. 잠시 후 다시 연결이 되어 엄마와 이모는 중단되었던 대화의 바로 그 부분에서부터 수다를 떨기 시작했다.

"맞아, 이레네. 그걸 원했지. 지금은, 글쎄."

"만족하지 못하는구나?"

"집안에서 왔다 갔다 하는 안드레아를 보는 게 좋은지 싫은지 잘 모르겠어. 그리고 아이들, 특히 마티아는……."

"아버지니까 그것만으로 좋은 거지."

"말 잘했어. 아무튼 문제는 계속 훌쩍거린다는 거야."

"마티아가?"

"아니, 제노가."

"태풍이 몰아닥쳐도 언니가 꽉 붙잡을 수 있는 바위라고 하지 않았어?"

"다른 밀물이 그 사람을 물속으로 가라앉혀버렸나 봐. 이제는 다른 남자들처럼 연체동물 같아. 뭐든 다 불평을 한다니까. 너보다 더 심해."

"난 이제 불평 안 하거든?"

"그 사람은 그래. 언제 다시 문을 열지 모를 학교며, 보고 싶을 때 만나지 못하는 나, 너무 자주 봐야 하는 자기 아내, 자기가 말할 때 못들은 척하는 자식들에 대한 불평이지."

"그럼 애들은 언니 말 잘 들어?"

"로사나가 그 무책임한 바보와 손발이 맞아 무슨 짓을 했는지 넌 상상도 못할 거다!"

"엄마한테 들었어."

"로사나는 내가 너무 가혹하다고 하지만 인생을 걸고 도박을 할 수는 없잖아, 응, 그렇기는 해도 여전히 안드레이 때문에 웃게 돼. 며칠 전에는 내 가방에 마티아의 공책이 들어있는 거야. 페이지마다 큰 글씨로 '나는 바보입니다'라고 써 있는 거 있지. 누가 썼는지 금방 알아보겠더라."

"안드레이다운데?"

"그러니까. 우리 마티아가 있어서 천만다행이야."

엄마가 이렇게 말하며 복도 쪽으로 얼굴을 내밀었다가 나를 발견했다.

"마티아! 이리 와서 이모에게 인사해!"

나는 얼른 커튼 뒤에 숨었다.

"수줍어서 그래."

엄마가 변명을 해주었다.

"가여운 우리 조카!"

이레네 이모가 재잘재잘 말했다.

"인생 최초의 진짜 트라우마와 싸우고 있네."

어른들은 너무 통화를 길게 한다고 생각했다. 나는 하루 종일 엄마 침대에 누워 비디오를 보는 게 전혀 싫지 않았다. 세상에서 제일 고약한 냄새가 나는 다섯 마리 동물이 등장하는 비디오였다. 할머니가 계시고 무단 침입자만 없다면 여기가 천국이라고 착각했을지도 모른다.

"이레네, 다음 주에 엄마를 해방시켜줄 거야."

"나 시간 감각을 잃었나 봐. 벌써 2주가 지났어?"

"그래, 그렇기는 한데 어떤 경우는 잠복기가 20일까지 간다고 읽었어. 난 위험을 감수하고 싶지 않아."

"엄마는 어떠셔?"

"생기가 돌아. 구혼자가 생긴 것 같아."

"무슨 소리야, 타냐?"

"엄마는 그냥 발코니 친구라고 하셔. 매일 아침 누가 쓴지 모를 편지가 현관 앞 매트에 놓여 있대. 《신곡》의 3행 연구를 잘라 붙인 편지래."

"익명이라면서 옆집 친구가 보낸 편지인지 어떻게 알아?"

"사실 난 엄마가 직접 그 편지를 쓴 게 아닌지 의심스러워. 공허함을 채우려고 엄마가 문학적인 뭔가를 궁리해낸 게 이번이 처음이 아닐 걸……."

"할머니, 편지 얘기 해주시면 안돼요?"

가장 최근의 비밀을 알게 된 나는 컵 전화기를 들었다.

"무슨 편지 말이니, 아가?"

"할머니 발코니 친구가 쓴 편지요."

"쉬잇, 조그맣게 말하렴."

"정말 그분이 썼다고 믿으세요?"

"물론이지. 부끄러워서 이름을 쓰지 않은 것뿐이야."

"부끄러운 게 뭐예요?"

"지금은 사라져버린 거란다, 마티아."

"부끄러우면 어떤데요?"

"얼굴이 빨개지고 몸이 뜨거워지지."

"그건 땀나는 거 아니에요?"

할머니가 웃었다. 나는 그 웃음을 좀 더 자세히 물어봐도 된다는 허락으로 느꼈다.

"편지에 뭐라고 썼어요?"

할머니가 연극배우처럼 목소리를 가다듬었다.

"우리는 별들을 다시 보았고, 별들에게 오를 준비가 되어, 태양과 별들을 움직이는 사랑."

"별들이라는 말밖에 모르겠어요."

"단테란다, 우리 귀염둥이. 도나티 씨가 《신곡》의 <지옥>, <연옥>, <천국>의 마지막 구절을 차례로 보냈어. 세 곡 모두 '별들'로 끝이 나거든. 굉장하지 않니?"

나는 그 단테라는 사람의 상상력이 우리 엄마보다 못하다고 생각했다.

"할머니, 도나티 씨가 부끄러워서 그런다면, 할머니가 그분에게 별 이야기를 하면 안 돼요?"

"나한테 물어보는 거니? 나도 부끄러워서……."

"그런데 할머니, ……도나티 씨 사랑하세요?"

"이런, 무슨 생각을 하는 거야? 그분은 부인이 있어!"

"그래도 부인이 말을 안 하잖아요."

"말을 하지 않아도 사랑할 수 있는 거야, 아가."

"믿을 수 없어요. 퍼프가 제게 말을 하지 않으면 난 퍼프를 사랑할 수 없을 거예요."

"네 아빠가 엄마 마음을 어떻게 얻었는지 아니? 이야기를 나눈 게 아니라 엄마에게 그림을 그려주었어. 엄마가 막 교사 생활을 시작한 학교 앞 담벼락에 캣우먼을 그렸단다."

"배트맨의 여자친구요?"

"그래, 둘이 꼭 붙어서 날아가는 장면을 그렸어. 캣우먼의 얼굴은 엄마였고 배트맨은 아빠 얼굴이었단다. 그림 밑에 '떨어질 수 없는 두 사람'이라고 썼지."

"그랬군요……."

"이제 생각하니 배트맨 입에서 말풍선이 나오고 그 안에 굉장히 멋진 말이 적혀 있었어."

"무슨 말인데요?"

"마티아, 알고 싶니? 할머니는 이제 기억이 안 나는데……."

"그럼 그렇게 멋진 말이 아니었을 거예요."

"오, 정말 멋졌어!"

"엄마는 그 말에 행복해했어요?"

"당연히 행복해했지. 그래서 네가 태어났잖니!"

다음 날 아침, 나는 다른 때와 다름없이 미술 숙제와 씨름하고 있었고 구겨버린 도화지가 산을 이루었다. 엄마는 컴퓨터로 체육 수업을 진행하면서 사이사이 안드레이에게서 눈을 떼지 않았다. 혹시라도 나를 위해 그림을 그려주려는 열망이 다시 살아날까 감시 중이었다. 나는 바보 같이 지로톤도 하는 아이들 그림을 엄마에게 보여주었고 엄마는 안드레이에게 나를 도와주지 말라는 금지령을 내렸다.

엄마도 자신의 학생들의 화면에서 작은 창이 되었다. 엄마는 자식들이 결석할까 걱정할 때와 똑같은 마음으로 매일 출석 확인을 했고 소중한 시간을 1분이라도 허비할까 걱정스러워 항상 시간을 확인했다. 엄마는 매우 엄격한 체육 선생님이었다. 더블 제트는 학생들이 엄마를 무서워한다고 주장했다. 거의 자신처럼 말이다.

엄마가 수업을 마치며 반 학생들에게 인사하고 내 수업에 접속하려고 했다. 난 엄마에게 그냥 신경 쓰지 말아달라고 부탁했다. 진짜 학교가 그리워지기 시작했다고도 말했다. 어느 정도는 사실이었다. 이제는 컴퓨터 화면의 작은 창들을 바라보며 하루하루를 보내고 싶지 않았다. 그렇지만 중요한 말을 빼먹었다. 마라톤 하듯 일주일 내내 산수 문제를 푸는 게 싫다는 말 말이다.

선생님은 수업을 시작하기 전에 반드시 무시무시한 고문 기계를 작동했다.

"7곱하기 8, 나누기 2는?"

지금 생각해보면 그것은 일종의 입문 의식이었다. 선생님은 산수 문제를 낸 뒤 정답을 제일 못 맞힌 학생 둘을 끌어냈는데 그중 하나는 늘 나였다.

나는 어쨌든 엄마를 설득해서 접속을 연기했다. 엄마가 막 로그아웃을 하려고 할 때 전화벨이 울려서 안드레이가 대신 해주겠다고 나섰다. 안타깝게도 그 어리바리한 사람이 키보드를 잘못 눌러 나는 컴퓨터 화면 속의 친구들 얼굴과 마주하게 되었다. 고문이 막 시작되려던 순간이었다.

맨 처음 정답을 맞힌 아이가 다른 아이에게 도전을 하고 계속 그렇게 이어지다가 마지막 대결을 하게 된다. 마지막 대결은 아인슈타인도 머리를 긁적일 정도로 잔인한 수수께끼였다. 그날도 마찬가지였다.

"70곱하기 12 빼기 40 나누기 2 곱하기 4는?"

엄마는 내가 너무 걱정된 나머지 나를 지켜보고 있느니 차라리 더블 제트와 슈퍼마켓에 가서 줄을 서는 편을 택했다. 나가기 전에 아버지에게 입 다물고 있으라고 명령했다. 아버지는 손가락으로 답을 알려주었으니 엄마와의 약속은 지킨 셈이었다. 정답을 손가락으로 알려주기 위해 손가락을 몇 번 움직였는지 상상해 보시라.

"1600."

아버지는 나를 도와준 건 오로지 자신이 키보드를 잘못 눌러 죄책감을 느꼈기 때문이라고 말했다. 그리고 이제는 나를 도와준 데에 대한 죄책감을 느낀다고 했다.

반면 나는 조금도 죄책감을 느끼지 않았다. 잠시나마 컴퓨터 학교가 마음에 들 정도였다. 진짜 학교에서는 답을 알려주는 사람이 없으니까.

안드레이와 나는 언제나와 같이 차가운 우유로 우리의 승리를 축하했다. 아버지는 여전히 가스레인지 사용법을 배우려 하지 않았다.

"진짜 식당 열 거예요?"

내가 물었다.

"열기도 전에 닫았어."

웃으면서 농담을 했지만 하나도 웃기지 않았다.

"그런 것 같아요. 가스불도 켤 줄 모르잖아요."

"난 주방에 있을 게 아냐. 난 기획자야. 쌀을 주재료로 한 요리를 팔겠다는 아이디어를 어떻게 생각하니?"

"쌀 요리를 손님들에게 갖다 주려면 종업원들이 허수아비 옷을 입어야 할 걸요?"

"멋있는데, 마티아? 난 그 생각까지는 해보지 않았는데. 어쩌면 다시 열었을 때, 다시 열게 되면……. 여하튼 배달로 어떻게 헤쳐 나가 보도록 하자."

"그게 뭔데요?"

"어떤 사람이 식당에 가고 싶은데 외출을 할 수 없으면 식당이 그 사람 집으로 가는 거야."

"카를로 할아버지에게 젬마 할머니가 만든 펜네를 우리 집 현관 앞에 갖다 놓아줄 수 있는지 물어보면 어떨까요? 그럼 엄마 파스타를 앞으로 안 먹어도 되잖아요."

아버지가 웃었다.

"할머니는 식당이 아니야."

"어쨌든 할머니가 우리를 위해 만들었다고 직접 말하지 않으면 그게 그거 아니에요?"

안드레이가 벌떡 일어났는데 급히 일어나는 바람에 식기세척기에 세게 부딪혔다.

"있지, 너 덕분에 굉장한 아이디어가 떠올랐어."

"어떤 아이디어요?"

아버지는 막 대답을 하려던 참에 딴 데로 주의를 돌렸다.

"저기 봐, 마티아!"

그러더니 반니 아저씨네 발코니를 가리켰다.

완전히 커튼이 쳐져 있었다. 그 시간쯤에는 상당히 드문 일이었다.

"비밀 모임이야."

아버지가 조심스레 말했다.

"빨리 가서 망원경 가져와라."

망원경을 가져다주자마자 아버지가 상황을 설명했다. 반니 아저씨가 수간호사가 집에 없는 틈을 이용해서 도둑 일당과 만난다는 이야기였다. 아버지의 의심을 확인시켜 주기라도 하듯 커튼 뒤로 두 개의 그림자가 나타났다.

"저기 있다! 한 사람은 반니 마우로, 그러니까 토리노야. 공범은 아마…… 피렌체나 볼로냐일 거야."

나는 흥분해서 몸이 떨렸다.

"저도 보여주세요. 그런데 다른 사람 집에 가는 거 금지되지 않았어요?"

"물론 금지됐지. 그렇지만 도둑들에게 규정은 큰 의미가 없어. 저 사람들은 일 때문에 이동한 거고 진술서를 가지고 있으니까."

"지금 아마존 씨를 털 준비하는 중이에요?"

"아마도. 나란히, 사실은 딱 달라붙어 앉아 있어. 지금 지도를 보며 작전을 세우는 중이고……."

아버지의 손에서 망원경을 빼앗아 범죄의 현장에 망원경을 고정시켰다. 갑자기 두 그림자가 겹쳐지더니 한 번도 떨어지지 않은 채 앞뒤로, 위 아래로 움직였다.

"뭐하는 거예요?"

아버지에게 망원경을 건네며 물었다.

"음, 나도 잘 모르겠는데……."

아버지가 우물우물 말했다. 이번에는 반니 아저씨가 아버지까지도 난처하게 만든 것이다.

"우리 마당에 내려가서 놀까?"

아버지가 갑자기 제안했다.

"잠깐만요. 망원경 좀 다시 주세요. 언제 저 동작을 멈추는지 보고 싶어요. 도둑질을 준비하려고 운동을 하는 중인가 봐요!"

"제발 창문에서 떨어져 이리 올래?"

"하필 지금 왜요?"

"가자, 마티아."

아버지가 계속 말했다.

"아래로 내려가서 수사를 계속하자."

"좋아요. 마스크 쓸까요, 아니면 스파이더맨 가면 쓸까요?"

"스파이더맨이 좋겠구나. 혹시 내가 쓸 만한 가면도 있니?"

마침 로사나 누나가 내 방에 걸어 놓은 해리포터의 여자친구, 헤르미온느 가면이 있었다. 나는 주저 없이 그것을 아버지에게 건네주었다.

마당에서 돌아와 엘리베이터에서 내리려던 우리는 문 앞에서 반니 아저씨와 마주쳤다. 옆에는 연한 금발에 약간 키가 큰 여자가 서 있었다. 볼로냐였다. 아니면 혹시 피렌체?

공범은 두 팔로 반니 아저씨의 허리를 감싸고 입술을 그의 귀에 댔다. 뭔가 비밀스러운 긴 이야기를 속삭이는 것이리라. 공범은 우리를 보자마자 마스크로 얼굴을 가렸고 엘리베이터에서 등을 돌리더니 계단 쪽으로 달려갔다. 스파이더맨이 무서워서인지, 헤르미온느 얼굴 밑으로 삐져나온 수염에 놀랐는지는 정확히 알 수가 없다.

나는 반니 아저씨의 반응을 확인하려고 돌아섰지만 그는 한 걸음 물러서더니 우리에게 인사도 없이 자기 집으로 사라져버렸다.

"피렌체일까요, 볼로냐일까요?"

내가 아버지에게 물었다.

"뭐라고?"

"공범이요!"

"아……, 내 생각에는…… 볼로냐야."

안드레이는 넋이 나간 듯했다.

"도적단에 여자들도 있다는 말 없었잖아요."

"물론 여자 몇 명을 받아줬지. 그런 걸 기회균등이라고 부른

단다. 자, 들어가자."

거기서 나는 아버지가 도둑들 이야기에 크게 관심이 없는 것 아닐까 하는 의심이 들었다. 우리가 마침내 두 도둑을 한꺼번에 보게 되었는데 아버지는 농담을 계속할 생각이 전혀 없어 보였기 때문이다.

내가 콜록거리고 있을 때 엄마가 나타났다. 볼로냐가 급히 계단을 뛰어 내려갈 때 엄마는 계단을 올라오는 중이었다.

"저 여자 누구지?"

"말해줄 수 없어요, 엄마. 먼저 경찰과 이야기해야 돼요."

"진짜 도둑처럼 달아나던데?"

엄마가 웃었다. 엄마도 벌써 다 알고 있는 게 아닐까?

"저기서 나갔어."

아버지가 얼굴을 찡그리며 마우로네 문을 가리켰다.

"저 집 남자랑 딱 달라붙어 있다가."

엄마가 마스크를 내렸는데 약을 먹어야 할 때처럼 입을 딱 벌리고 있었다.

"당신, 이제 훔쳐보기까지 하는 거야?"

이렇게 말하면서 안드레이를 노려보았다.

계속 진실을 숨겨봐야 아무 소용이 없었다. 그 여자 이름은 볼로냐이고 도둑질을 하려고 반니 아저씨와 준비 운동을 했다고 내가 엄마에게 설명했다. 그러나 엄마는 내 이야기를 듣는 얼굴이 아니었다.

"당신 같은 사람에게 뭘 기대하겠어. 그래도 이번에는 아니지, 이건 아니지!"

엄마가 계속 같은 말을 했다.

엄마는 정말 당황한 듯했다. 스파이더맨과 해리포터 여자친구와 거의 5분이나 이야기를 했는데 여전히 우리가 가면을 쓰고 있다는 사실을 알아차리지 못할 정도였으니 말이다.

나의 방

|

악당은 영웅 앞에서 겉모습을 계속 바꾼다. 요정은 사실 마녀였고, 마법사는 괴물, 백마 탄 왕자는 배신자로 밝혀진다. 나는 반니 아저씨의 변신으로 혼란스러웠는데 나의 혼란스러움은 엄마의 것에 비하면 아무 것도 아니었다.

나는 살면서 많은 사람들이 자신의 그릇 안에 타인에 대한 열망이나 희망을 가득 담는다는 사실을 발견했다. 다만 그것을 엉뚱한 사람에게 잘못 담았다는 것을 알게 되면 크게 실망하고 만다. 엄마는 어쩌면 처음부터 겉과 속이 전혀 다른 사람이었을지 모를 사람을 철석 같이 믿은 자신에게 더 화가 났다.

"확실해? 진짜야?"

아버지에게 묻는 소리가 들렸다.

"망원경은 거짓말을 안 해."

"창문으로 훔쳐봤다는 거야? 당신 남의 사생활 훔쳐보는 취미 있어?"

"꼭 그 사람을 보려고 망원경을 사용한 건 아니었어."

"그 사람 부인 생각은 안 해? 알려줘야 해."

"정말 그 사실을 알아야 한다고 생각해?"

이번만은 나도 아버지 의견에 동의했다. 남편이 한가한 시간에 도둑질을 해서 부수입을 올린다는 사실을 알게 돼서 좋을 게 하나도 없을 테니까. 하지만 엄마는 안절부절못했다.

"그때 내게 조언해줄 진정한 친구가 있었다면 당신이 달라지기를 바라며 시간 낭비하는 일은 없었을 거야. 스스로 그 사실을 깨닫느라 너무 많은 시간을 허비했지."

엄마는 그 말을 하고 내가 듣고 있다는 것을 알아차린 뒤 주방에서 나가버렸기 때문에 안드레이는 반박할 시간이 없었다.

나는 이해가 되지 않았다. 어떻게 아버지를 도둑과 비교한단 말인가? 결점이 많기는 하지만 아버지가 슈퍼마켓을 몽땅 터는 상상은 하기 힘들었다.

어느 날 아침, 경찰들이 슈퍼마켓 봉지 네 개를 가지고 마당에 나타났다. 나는 모든 게 사실이었고 드디어 세상에 진실이 밝혀진 거라고 생각했다. 그러니까, 볼로냐가 체포되어 반니 아저씨의 이름을 발설했고 그 쓰레기봉투 속에 도둑질한 물건이 들어 있었던 것이다.

경찰들은 몹시 흥분한 카를로 할아버지를 따라 계단 쪽으로 갔다. 반니 아저씨가 그렇게 쉽게 잡히리라고는 믿지 않았지만 나는 체포의 현장을 놓치지 않으려고 발코니에 서서 밖을 내다보았다. 그러나 경찰들은 우리 층에서 멈춘 게 아니라 두 층을 더 올라가서 자명종네 초인종을 눌렀다. 개들이 미친 듯이 짖어댔다.

그 뒤 몇 분 동안 내 작은 머리에 복잡하게 떠오른 가정들은 여러분에게 말하지 않으려 한다. 나의 기억에서 지워지지 않고 남아있는 하나의 이미지 앞에서 그런 가정들은 다 무의미해지기 때문이다. 바로 복도에서 눈물을 흘리며, 입으로는 미소를 짓는 마녀의 모습이다. 그녀는 눈물을 흘리며 경찰들의 손을 꼭 잡았고 그들에게 웃어 보이기도 했다.

안드레이는 자명종의 집에서 일어난 일에 뜨거운 관심을 보이며 그 일과 관련된 수사를 하느라 나머지 오전 시간을 다 썼다. 그 당시 내가 이해했던 대로 중요한 사실들을 여러분에게 들려주려 한다.

자명종은 다섯 마리 개 말고도 두 아들과 함께 살았다. 개들과 달리 아들들의 소리는 전혀 들리지 않았다. 아니 그들은 아예 말을 하지 않았는데 엄마와도 말을 섞지 않았다. 두 아들은 아주 오래전에 크게 다투었고 그때부터 각자의 세상에서 자기 식대로 살았다. 마녀는 간간이 옷감을 수선하는 일로 번

돈과 죽은 남편이 남긴 얼마 안 되는 연금으로 생활했다. 연금 액수는 점점 줄어들고 세상이 닫히면서 마녀가 하던 수선 일도 끊어져버렸다. 그나마 일을 할 때는 그날 점심과 다음날 저녁을 해결할 수 있었지만 이제 그마저 여의치 않게 된 것이다.

마녀는 개들을 먹이기 위해 차츰 식사량을 줄여나갔고 때로는 말라비틀어지고 곰팡이 난 음식을 먹기도 했다.

그러던 어느날, 보트를 타고 아프리카를 떠나 우리 지역의 한 교구로 살러온 어떤 가족의 옷을 공짜로 수선해준 일이 있었다. 돈 바르톨로 신부님을 통해 알게 된 사람들이었다. 그들의 옷을 공짜로 수선해주고 마녀는 한참 동안 굶어야 했다. 그래서 신부님이 경찰들에게 슈퍼마켓에서 먹을거리를 사서 마녀에게 전해달라고 했다.

그날 오후 안드레이가 내 방에 왔다. 과감히 혼자 내 방에 들어온 건 처음이었다. 그런데 내가 예상했던 것만큼 그리 짜증이 나지는 않았다.

"개 할머니를 위해 우리가 뭔가 생각을 해봐야겠어."

그는 피치포를 보고 한바탕 재채기 의식을 치르더니 말을 시작했다.

"마녀, 말씀이세요?"

"네가 편지를 보냈으면 하는데."

"펜네 한 접시가 아니라요?"

"음식으로는 충분하지가 않아, 챔피언. 우리가 자선을 베푸는 게 아니라고 느껴야 해."

"그런데 편지에 뭐라고 써요?"

"할머니를 다르게 생각해서 미안하다고. 그런데 너무 불쌍하다는 듯이 쓰면 안 되고. 그분은 네 동정을 원치 않으니까. 네게서 존중받는 느낌이 필요해. 다른 사람들 모두의 존중이 ……."

나는 혼란스러웠지만 그와 동시에 결심을 했다. 그리곤 도화지에 편지를 썼다. 이번에는 구겨서 쓰레기통에 던질 필요가 없었다. 문장들이 볼펜 속에 계속 담겨있던 것처럼 막힘없이 흘러나왔다.

아버지가 젬마 할머니에게 전화해서 참치 파이를 만들어 달라고 부탁했다. 그러고 나서 욕실로 사라졌다가 오렌지 색 가발을 쓰고 코에 빨간 색을 칠하고 나타났다. 지난번 카니발 때 로사나 누나가 쓴 분장용품이었다.

"네 아이디어, 기억하지? 소풍 바구니에 참치 파이와 네 편지를 넣어 내가 가서 전해주고 올게. 선물을 받는 사람이 조금 덜 당황하게 광대가 배달을 하는 거야."

"같이 갈까요?"

"고맙지만 광대 연기는 나 혼자 아주 잘할 수 있어."

믿어지지 않지만 마녀는 아버지에게 개를 풀지 않았고 즉석에서 내게 보내는 짧은 메모를 썼다. 내가 착한 아이라는 내용이었다. 나를 잡아먹을 가능성이 상당히 줄어들었는데 참치 파이 이후 많은 양의 리조토와 튀긴 감자도 가져다주었기 때문이기도 했다.

카를로 할아버지는 관리사무실 창턱에 놓인 신선한 샐러드들을 자명종에게 가져다주었다. 할아버지는 상황이 그렇게 심각해질 때까지 알아차리지 못했다는 죄책감을 느꼈다. 그래서 그 이야기를 할 때마다 자기 머리를 쥐어박곤 했다.

고티 씨는 자신이 가장 좋아하는 초콜릿 간식의 일부를 자명종에게 선물로 가져다주었다(하지만 자명종에게 간식을 건네며 그중 두 개를 슬며시 자기 주머니에 넣는 걸 보았다). 도나티 씨는 아파트에서 모금을 했고 할머니는 즉시 동참했다.

동참하지 않은 주민은 반니 아저씨밖에 없었다. 그는 발코니에 나와서 양심의 가책을 느끼지 않으려고 동정에 의지하는 위선자들이라며 악담을 퍼부었다. 그리고 이 나라의 도덕적 타락과 경제적 쇠퇴는 일부 정치인들의 책임인데 그런 정치인들은 악행의 표본이라고 욕을 했다.

참치 파이를 전하고 난 다음 날 아침, 나는 목이 너무 아파 이른 아침 침대에서 나왔다. 잠에서 깬 안드레이는 기분이 매우 좋지 않았다. 지난 밤, 자신의 식당 테이블마다 손님들이 꽉 차 있는 꿈을 꾸었다고 했다. 그런데 그 손님들에게 주문을 받으러 가까이 다가가보니 손님들이 다 마네킹이었다. 그래서 천장에 매달린 곡괭이로 식당을 전부 부숴버리고 말았다.

우리는 같이 아침 식사를 했고 정각 9시에 아버지는 컴퓨터를 켰다. 그럴 듯하게 보이려고 화상 회의에 참석할 때처럼 옷을 갖춰 입었다. 재킷에 넥타이를 맸지만 아래는 잠옷이었다. 그런 차림은 아버지의 인생과 다소 비슷했다.

아버지도 학교 수업을 받는 거냐고 묻자 이건 보충 수업이라며 씁쓸하게 웃었다. 정부에서 바이러스 때문에 어쩔 수 없이 상점 문을 닫게 된 사람들 모두에게 지원금을 주기로 결정했다. 정확한 암호를 넣기만 하면 보물 담당 장관이 필요한 사람에게 자신의 보석 상자를 활짝 열어줄 것이다.

나는 아버지가 '발송' 버튼을 여러 차례 누르는 것을 보았는데 결과는 신통치 않았다. 아버지가 단념을 하려는 찰나에 루치아노라는 사람의 증명서들이 화면에 나타났다. 덕분에 우리는 그 불운한 사람의 개인 정보가 하루 종일 수천 개의 컴퓨터에 떠다녔다는 사실을 알게 되었다. 나는 그 사람의 얼굴을 상상해 보려 했지만 그때마다 눈앞에 나타나는 건 아버지의 절망적인 얼굴이었다.

"돈이 많이 필요하세요?"

"아, 마티아, 그 사람들이 준다고 해서……. 상관없어. 돈 없어도 할 수 있어."

"페데리카 아버지에게 빌려달라고 하면 안 돼요?"

"은행 돈은 페데리카 아버지 돈이 아니야. 그것을 맡긴 사람 돈이지. 아니 적어도 그래야만 해."

아버지가 길게 한숨을 쉬었다.

"아마존 씨를 몽땅 털어버린 오레스테 도적단이 그분 돈도 다 훔쳐가려 하지 않았을까요?"

내가 물었다.

"불가능한 일이야, 마티아. 오레스테는 자기 돈을 바로 그 은행에 맡겼거든. 자기 돈을 훔치는 도둑 본 적 있니?"

나는 웃음을 터뜨렸다.

"그런데 아버지는 어릴 때에도 이렇게 어린아이였어요?"

"그 때는 애어른이었지. 생각해 봐. 난 여섯 살 때 벌써 네 할아버지 서랍에서 편지지 한 장을 훔쳐서 신문에 광고를 냈어. 이런 광고야. '슈퍼맨 만화책 제 1권을 얼마에든 사겠습니다.' 이름과 주소, 전화번호를 써서 그 도시의 신문사에 보냈지. 그땐 네 누나가 자주 드나드는 인터넷 구매 사이트 같은 건 없었거든."

"그래서요?"

"광고는 정기적으로 실렸지. 2주가 지난 뒤 우리 집 인터폰이 울렸어. 할아버지가 나가서 문을 열었더니 낯선 사람이 슈퍼맨 만화책을 흔들며 서 있었단다. 그 사람은 엄청난 가격에 그 책을 처리하려고 했지. 네 할아버지는 거의 기절할 뻔하셨어."

"사셨어요, 슈퍼맨?"

"아니, 너무 비쌌거든. 대신 할아버지가 내 생일에 《디아볼리크》 특별판을 선물해주셨어. 그렇게 내 만화 수집이 시작되었지. 아니, 아니다."

"맞아요, 아니에요?"

"할아버지가 돌아가시고 나서야 진짜 시작했어. 할아버지는 《플래시 고든》을 좋아하셨어. 전쟁 전에 그 책을 읽으며 크셨거든. 나는 그 만화책들이 구식이라고 생각했지. 그런데 할아버지 책상을 정리하다가 한 권을 발견했어. 아, 마티아……. 정말 굉장하더구나."

"그래서 할아버지 유령을 기쁘게 해드리려고 《플래시 고든》을 수집하기 시작한 거예요?"

"어떤 의미에서는. 난 단 한 명의 인물에 집중하기보다는 책

곳곳에 숨어있는 아름다움을 발견해야 한다는 걸 알게 되었어. 내가 가지고 있는 만화책들에는 제각각의 이야기가 있어. 네 엄마와 사귈 때 엄마가 내게 선물한 책도 있지. 내가 그림을 배울 때 교과서로 쓴 책도 있고. 경매에서 터무니없이 비싼 가격으로 구입한 것도 있어. 나중에 알고 보니 한 쪽이 사라지고 없었지만 말이야."

"수집품은 다 얼마예요?"

"값이 없어. 정말 돈으로 살 수 없는 게 뭔지 아니? 네 나이 때 읽었던 만화책을 다시 펼쳐보면, 내가 놓친 게 무엇인지 알게 되고 거기서 내가 잊고 살았던 일들이 떠오르는 거야."

"저도 퍼프와 똑같은 경험을 해요. 퍼프 위에 앉을 때마다 내가 뭐든 다 이해하는 기분이 들어요."

"퍼프에게서 떨어지면 어떤데?"

"다시 전부 다 이해를 못하게 돼요."

우리는 함께 웃었다. 아버지에게 나의 큰 비밀 하나를 알려준 건데 그때는 중요하게 생각하지 않았다.

전염병과 위기의 시기에 부모의 일은 점점 더 복잡해진다. 마스크 위에 가면을 쓰고, 자식들에게 불안을 드러내지 않고 미소를 짓는 게 부모의 할 일이다. 뿐만 아니라 사방으로 번지는 두려움과 미사여구가 넘치는 희망으로부터 자식들을 지키기 위해 때로는 두려움을, 때로는 희망을 불어넣어주는 모순적인 행동을 할 수밖에 없었다.

나는 별로 엄마에게 달라붙어있지 않았고 오히려 엄마가 내 곁에서 떨어지지 않았다(물론 내게 손을 대지는 않았지만). 비대면 수업과 숙제와 식사와 감기약이 얼마나 많은 에너지를 빨아들이는지 나는 알지 못했다.

아버지는 처음 며칠 동안은 엄마의 집안일을 도와주려 해보았으나 모두가 인정하는 처참한 결과를 만들어 낸 뒤 일찌감치 그 일을 포기하고 집안 가구의 일부분으로 변해버렸다. 엄마가 아버지에게 '소파 안드레이'라는 별명을 지어주었다. 우리가 볼 때마다 아이패드를 들고 거실 소파에 앉아 있었기 때문이다.

불쌍한 엄마. 유일하게 엄마가 나와 떨어져 있는 시간은 내가 마당을 탐험할 때였다. 그러나 그것도 내가 2층 여자 아이의 얼굴 가까이에서 기침을 해서 그 애 아버지가 창문에서 이글거리는 눈으로 나를 노려본 뒤부터 엄마는 최대한 나를 내보내려 하지 않았다. 나는 이제 자전거를 탈 때에만 마당으로 내려갔다.

한 번은 만초니의 소설 속 페스트에 완전히 사로잡혀 있는 카를로 할아버지를 만났다. 그는 계단을 청소하는 중이었다.

"숙제하는 게 어떻게 좋을 수 있어요?"

내가 물었다.

"숙제를 해야 할 때 다른 일들도 더 잘한다는 걸 알게 되었지."

"저는 반대로 제가 좋아하는 일을 할 때만 잘할 수 있어요."

"어쨌든 아무 것도 하지 않는 사람보다는 낫지 않니?"

"할머니에게 편지를 쓰는 분은 좋아서 그럴까요, 아니면 누가 억지로 시키는 걸까요?"

"무슨 말인지 모르겠는데."

"신비의 구혼자 말이에요."

"신비?"

카를로 할아버지가 웃었다.

"사실 난 누군지 알아요. 누군지 말해줄까요?"

"됐어, 마티아. 난 관리인이지 뒤에서 남의 말이나 하는 사람이 아니야."

어느 날 저녁 6시, 엄마가 그 시간에 뉴스를 보지 않아서 아버지와 나, 엄마가 주방에서 버섯과 감자를 담아 자명종에게 보낼 바구니를 준비했다.

안드레이가 '치유의 메뉴'라고 이름을 붙인 뒤, 종이에 개를 데리고 산책하는 마녀를 스케치했다.

"너 때문에 떠오른 아이디어가 며칠 동안 머릿속에서 맴돌았어."

아버지가 바구니를 닫으며 내게 말했다.

"<소풍 편지>야."

"소풍 뭐라고?"

전염되는 뭔가를 이야기하는 줄 알고 엄마가 걱정스레 끼어들었다.

"주제가 있는 메뉴, 그러니까 치유, 향수, 용서가 있는 메뉴에 편지나 그림이 곁들여진다고 생각해 봐. 그리고 소풍 바구니 안에 음식 재료를 모두 담아서 사랑하는 사람에게 선물로 보내는 거지."

"무슨 엉뚱한 생각이야. 그럼 그 재료로 누가 요리하지?"

엄마가 물었다.

"선물을 받은 사람. 요리를 하는 데 필요한 요리법과 정확한 분량의 재료를 모두 선물하는 거지. 그러니까 혼자 음식을 준비하는 만족감까지 선물하는 셈이야."

"미쳤어."

엄마가 반대했다.

"당신 상상력을 위해 벌써 돈을 너무 많이 썼다는 생각 안 들어? 그런 계획은 평상시라면 힘들지만 어떻게든 해보라고 할 거야. 지금은 그냥 불가능해."

"'*순수한 사람들은 그 일이 불가능하다는 것을 모른다. 그래서 그 일을 한다.*' 버트런드 러셀."

"버트런드 러셀은 당신을 몰랐잖아. 어쨌든 당신은 순수하지 않아. 당신은……."

"당신이 모르고 있는 사실이 있는데, 모든 걸 다 엉망으로 만든 건 바로 당신이 신뢰를 하지 않아서야."

"아버지를 도와주면 안 돼요?"

내가 끼어들었다.

"나도 이제 일할 만큼 크지 않아요?"

"이레네 이모를 설득할 수 있으면 해 봐. 식당도 이레네 이모처럼 로마에 있으니까. 그리고 이모가 요리법을 다 알고 있으니까!"

"투덜이 이레네? 아는 메뉴라고는 다이어트 메뉴뿐일 걸? 그렇지만 글도 꽤 잘 쓰고 그림도 잘 그리는 점은 인정해. 무엇보다 수첩에 족히 1킬로미터는 될 정도로 많은 지인 이름이 적혀 있기는 하지."

"그렇지만 엄마하고 전화할 때 아버지를 참기 힘들다고 말해요."

엄마가 체육관에서 기운이 하나도 없는 사람에게도 팔굽혀펴기를 하게 만드는 근육 고문관 같은 눈으로 나를 노려보았다.

"사실이 아니야. 옛날에 한 번 그랬는지도 모르지. 아무튼 살다보면 생각은 바뀔 수 있으니까."

"사람은 변하지 않아."

안드레이가 말했다.

"그래, 당신은 언제나 똑같지."

엄마가 안드레이를 비난했다.

"당신이 변하지 않으니 다른 사람들도 변하지 못한다고 생각하는 거지!"

"호모 호미니 비루스……."

"집어치워, 안드레아. 세상은 당신이 이야기하는 것보다 훨씬 나아."

마치 엄마의 말을 부정하기라도 하듯 누군가의 목소리가 아파트의 정적을 깨뜨렸다.

"용기가 있으면 나와서 얼굴 좀 보여줘 봐요!"

긴장을 해서인지 목소리가 떨렸지만 나는 그 허스키한 목소리의 주인공을 금방 알았다. 수간호사였다.

우리는 발코니로 나갔고 로사나 누나도 금방 우리 옆으로 다가왔다. 자기 방에서 이어폰을 끼고 최대 볼륨으로 음악을 듣고 있던 누나가 어떻게 줄리오 마우로 엄마의 목소리를 들었는지는 미스터리였다. 어떨 때 누나는 소름끼치는 마법을 부리곤 했다.

그건 그렇고 날씨도 덥고 봉쇄 전 젬마 할머니가 떠준 밤색 바탕에 노란 다이아몬드 무늬가 있는 흉측한 울 스웨터를 입고 있는데도 등이 오싹해지는 기분이었다. 다음 날 드디어 수간호사를 다시 만나게 될지도 몰랐다. 다음 말을 기다리는 동안 나는 방에 은박지를 숨겨놓았다. 수간호사와 안전하게 포옹을 하기 위해 은박지로 몸을 둘둘 감을 계획이었다. 물론 스웨터를 가리기 위한 목적이기도 했다.

수간호사는 난간에 기대 서 있었다. 두 뺨은 과일 샐러드 속의 딸기보다 더 빨갰고 연두색 트렌치코트는 제멋대로 발목까지 내려와 있었다. 그녀는 2층 아파트 문에 붙은 '임대'라고 적힌 종이와 아주 비슷한 종이를 손에 들고 있었다. 다만 그녀가 들고 있는 종이에는 훨씬 더 많은 글씨가 적혀 있었는데 그녀가 한 마디 한 마디 또박또박 읽었다.

"언제 바이러스 전파를 그만 둘래? 네 바이러스는 호텔로나 가져가라, 빌어먹을!"

그 글을 읽을 때 내 눈에는 수간호사가 더욱더 아름다워 보였다.

“방금 전에 병원에서 퇴근하면서 발견한 종이에요. 투명 테이프로 우리 집 문 앞에 붙어 있었어요. 엘리베이터에 이어 우리에게 보내는 두 번째 경고군요. 이쯤 되니 이 글을 쓴 사람이 누군지 알고 싶어요!”

그녀가 아파트 전체를 한 번 둘러보았지만 덧창은 모두 굳게 닫혀 있었다.

아파트 전체에 흐르는 침묵은 누군가 그 경고문을 쓰기는 했지만 다른 사람들도 모두 암묵적으로 동의한다는 뜻이었다. 수간호사가 두 손가락으로 앞머리를 만졌는데 아마도 눈물이 거기까지 번져 눈물을 닦으려는 것 같았다.

“그렇지만 여러분들은 계단에서 저를 만나면 부드러운 눈인사를 해주던 좋은 분들이잖아요. 저를 영웅이라고 부르고요! 영웅이…….”

엄마가 전직 운동선수답게 재빠르고 날쌔게 두 손으로 내 귀를 막았다. 그래서 나는 뒤에 이어지는 말을 듣지 못했다. 물론 이미 그 말이 뭔지 잘 알고 있기는 했지만 말이다.

“상식적으로 생각해요!”

2층 발코니에서 테아 아버지가 나타났다.

"난 그런 글을 쓰지는 않았어요. 그렇지만 그 의미에는 동의합니다. 부인은 최전선에서 일하고 있고 어떤 성과를 얻었을 게 분명해요. 하지만 전쟁 중의 군인은 자기 집이 아니라 참호에서 잠을 자는 겁니다!"

나는 반니 아저씨가 도둑질 준비로 바쁘기는 해도 아내를 도와주러 달려 나오리라 예상했다. 대신 엄마가 비난을 하는 테아 아버지를 향해 소리쳤다.

"당신이 소파에 편안히 앉아 바이올린이나 연주하며 시간을 보낼 때 죽어가는 사람을 살리기 위해 하루 16시간씩 일하는 여자를 어떻게 비난할 수 있죠?"

"유감스럽지만 난 바이올린을 연주할 줄 몰라요, 부인."

테아 아버지가 대답했다.

"다만 다른 사람들이 침묵하려는 진실을 말할 줄은 압니다."

그때 발코니에 산처럼 우뚝 서 있던 아버지가 말했다.

"간호사님은 단순히 바이러스 때문에 호텔로 가시지 않아도 됩니다. 이 나라의, 소위 말하는 책임자들 중 그 누구도 그런 이유로 저 분을 호텔로 보내지 못할 테니까요."

안드레이는 화가 나면 진짜 변호사처럼 세련된 언어를 사용했다.

"제가 확실히 말씀드리는데 간호사님은 방역 수칙을 철저하게 준수합니다. 그 이상의 것까지도 말입니다. 선생님도 그렇기를 바랍니다."

"나 말인가요? 당신 아들이 아니라? 며칠 전 선생 아들이 내 딸 앞에서 기침을 해서 걱정인데 말입니다."

"그건 진짜로 기침을 한 게 아닙니다. 게다가 그런 일이 되풀이 되지 않도록 아내가 철저하게 조심시켰고요. 내 아들을 끌어들이기 전에 그 더러운 입이나 닦으시지요, 아시겠습니까?"

"됐어, 안드레아, 들어가요."

엄마가 애원했지만 누나는 황홀한 눈으로 아버지를 보았다. 마치 아버지가 래퍼인 동시에 해리포터에 등장하는 수염 덥수룩한 교장이라도 되듯이 말이다.

우리 아버지가(이때 처음으로 '우리' 아버지라고 말했다) 나를 지켜주었는데, 나는 아주, 너무 추웠다는 사실 이외에는 그 말들이 하나도 이해가 되지 않아서 집안으로 들어갔다.

그 이후 일에 대한 기억은 희미할 뿐이다. 맛없는 끈적한 파스타 한 접시를 먹었고, 고개를 들고 있기도 힘들 정도로 머리가 무거웠고 온기를 조금이라도 느끼기 위해 퍼프의 품에 안겨야 했던 기억밖에 없다.

침대로 옮겨갔을 때 절박하게 엄마를 불러야 했지만 기운이 하나도 없었다. 내 주위의 그림자들이 흩어지며 이상한 형상을 만들어내기 시작했다. 심지어 곰 그림자를 본 것 같기도 했다.

"엄마가 할 일이 있대. 오늘 밤 용기의 물방울은 내가 넣어 줘도 되겠지, 챔피언?"

아버지는 내가 조그만 입을 어느 쪽에 벌리고 있는지를 찾느라 한참 시간을 보내다가 네 방울을 베갯잇에 흘려버리고 마지막 한 방울을 겨우 내 혀에 떨어뜨렸다.

나는 잠이 오지 않았지만 정말 자고 싶었다.

"저녁마다 엄마에게 이야기 하나씩 들려준다던데, 맞아?"

"엄마가 다 말했어요?"

내가 간신히 대답했다.

"제목만. <스타비스킷>이라며. 특이한데? 나한테도 이야기 해 줄래?"

"기억 안 나요."

"거짓말이지. 어디까지 이야기했어?"

"꼬마 비스킷이…… 이유를…… 찾아요."

나는 적당한 말을 생각해내기도 힘들었다.

"……그러다가 알게 돼요. 버터나이프 용이 나쁜 놈인데…… 사실은……."

"꼬마 비스킷의 아버지가 분명해. 그리고 특히 진짜 용이 아니라, 스트루델속을 채워넣은 페이스트리의 일종이야."

"사실은…… 러스크두 번 구워 단단하고 건조한 비스킷의 일종예요."

"너는 그렇게 믿었겠지만 내가 장담하는데 스트루델이야. 잘게 썬 사과와 건포도와 기타 등등을 넣은 스트루델. 아침 식탁에서 날아가려고 용으로 변신했지. 스트루델로 있으면서 행복하지 않았거든. 그걸 알아야 해. 그렇지만 이제 변신을 했으니 용서받기 위해서라면 뭐든 하려고 해. 심지어 먹히는 것까지 말이야."

"먹힌다고요? 그 이유가 뭐예요?"

"정말 그렇게 생각하지는 않지만, 챔피언. 내가 아직 잘 이해를 못해서……."

사이렌 소리에 아버지의 목소리가 들리지 않았다.

순간적으로 아버지가 내 이마를 쓰다듬었는데 방금 전자레인지에서 꺼낸 스프 접시에 손을 댄 사람처럼 급히 손을 뗐다.

"마티아, 몸이 불덩이잖아! 엄마 불러올게!"

사이렌 소리가 점점 가까워졌다. '나까지 집어삼키려고 바이러스가 입을 벌리고 다가오고 있구나'라는 생각을 마지막으로 정신을 잃었다.

바이러스의 방

|

침대 끝에 앉아 있는 엄마는 금방이라도 쓰러질 것 같았다. 체온계로 온도를 재는 동안 아랫입술이 캐러멜이라도 되는 양 깨물었다. 엄마는 불안해지면 어딘가를 깨물곤 했다.

39.9도.

체온계 숫자가 충격적일 수도 있지만 내가 체감하는 열은 그 온도만큼 심하지 않았다.

엄마는 전화로 의사인 페라리 선생님에게 조언을 구했다. 페라리 선생님은 엄마에게 복용할 약 목록을 길게 말해주었는데 약 이름이 모두 엘프 이름 같았다. 전부 올란, 옥신, 이딜로 끝나는 이름들이었다. 할머니는 내 양말에 양파를 넣으라고 조언해주었지만 열은 그 양파마저 집어삼켜버린 채 계속 올랐다. 바이러스가 거대한 모래 이빨로 나를 씹어 먹는 기분이 들었다. 그래서 모든 게 흐릿하게 보였다.

그다음 주에 대한 기억은 불분명하다. 나는 아무 것도 먹지 못했고 물도 겨우 마셨다. 가끔씩 침대 발치에 걱정스러운 표정으로 서 있는 누나와 안드레이를 본 듯했다. 엄마는 하루 종일 내 방에 있었고 내가 의식이 거의 없는 상태에서 깨어날 때마다 엄마 목소리가 들렸다. 엄마는 전화로 약과 주사 이야기를 하는 중이었다. 나는 줄리오 마우로의 비웃음만큼이나 끔찍하게 약이 싫었지만 주사보다는 훨씬 나았다. 열에 들떠 비몽사몽하면서도 주사를 맞을 바에야 차라리 나도 언제든 토스카나로 가는 게 더 낫겠다고 생각했다.

며칠이 지나도 열이 내려가지 않자, 페라리 선생님은 나를 병원에 입원시키기로 했다. 엄마가 '바이러스 검사'라고 말하는 소리를 듣자마자, 그건 주사가 아니라는 맹세를 퍼프에게서 억지로 받아냈다.

안드레이가 차고까지 나를 안고 내려갔다. 우리 둘 다에게 불운하게 끝난 모험을 떠오르게 하는 장소였다. 그가 나를 조심조심 뒷좌석에 내려놓았는데 그런 모습은 처음이었다. 내가 그가 아끼는 만화도 아닌데 말이다.

엄마는 파란색과 빨간색 바탕에 유령이 그려진, 로사나 누나가 제일 좋아하는 담요로 내 몸을 감쌌다. 누나가 특별히 나를 위해 엄마에게 준 담요였다. 엄마는 차를 출발시키다가 하마터면 아버지를 칠 뻔했다. 아버지가 거리까지 자동차를 뒤쫓아 왔기 때문이다. 눈에 보이지 않는 파리채를 손에 쥔 사람처럼 차가 멀어지는 동안 손을 흔들던 아버지의 모습이 지금도 생생하게 떠오른다.

내가 갑자기 중요한 사람이 된 기분을 느끼는 동시에 그렇지 않기를 바라기도 했다. 연말 학예회에서 엄마가 맨 앞줄에서 휴대폰으로 내 사진을 찍고 있고 안드레이가 늦게 엄마 곁으로 와서 무대 위 다른 아이들 틈에 있는 나를 찾을 때, 함께 있는 엄마와 아버지를 보며 내가 아직도 두 사람을 행복하게 해줄 수 있다고 착각할 때의 기분과 비슷했다. 어쩌면 내가 관심의 중심에 있는 것을 좋아하지 않지만 다른 사람들이 내게 관심을 보이지 않으면 그것도 조금 싫은 게 이 때문일 수도 있다.

나는 뒷좌석에 눈을 감고 누워서 병원까지 급브레이크를 밟아대는 엄마의 운전과 내게 명령하는 레몬 셔벗 같은 목소리를 참아야만 했다.

“앞으로 아무 것도 만지면 안 돼!”

만지고 싶어도 만질 수 없었다. 내 두 팔이 누나 담요에 꽁꽁 감싸여 있었으니까. 이 담요를 잃어버리면 누나가 다른 담요를 내게 뒤집어 씌워 숨도 못 쉬게 만들 게 분명했다.

병원 입구에 있는 의사들은 내가 아프기 전에 거실에서 훔쳐보았던 <E.T.> 영화에서처럼 방호복으로 온몸을 감싸고 있었다. 소아 응급실에 도착하자 우주복을 입은 한 여자가 내게 말했다.

"응급실에 온 걸 환영한다!"

엄마가 제각각 움직이는 바퀴들이 여러 개 달린 작은 침대에 나를 눕혔다. 누군가 이마에 대지 않고 근처에 가져다 대기만 하는 도구로 내 체온을 쟀다. 열이 37.7도로 내리며 또렷하게 정신이 들어서 간호사에게 알릴 수 있었다.

"저희 엄마가 뭐라고 하시든, 전 주사에 알레르기가 있어요."

나는 벽까지 온통 초록색으로 된 바이러스의 방에 있었다. 침대 위에서 나를 내려다보는 의사 선생님들 마스크도 초록색이었다.

"이제 바이러스 검사를 할 거야."

미리 알려주어서 기분이 좋아지려 했다.

"조금 이따 다시 오마, 괜찮지?"

괜찮을 게 하나도 없지만 예의 없어 보일까 봐 억지로 미소를 지었다.

"당신 아들이 의사 선생님들에게 미소를 짓네. 용감한 꼬마야. 응, 격리 병실에 들어와 있어. 난 복도에도 못 나가."

엄마가 소리를 죽여 통화했지만 난 벌써 박쥐처럼 청력이 좋아져서 그 소리를 다 들을 수 있었다. 어쩌면 진짜 박쥐가 되어가는 중인지도 몰랐다.

"안드레아, 깜빡하고 내일 아침 수업 못한다는 공지를 못했어. 당신이 학생들에게 메일 좀 돌려줄래?"

엄마가 학교 일을 왜 더블 제트에게 직접 부탁하지 않는지 의아했다. 기침 중간중간 한숨이 나왔다. 나는 그때까지 살면서 확신하는 게 별로 없었는데, 그 몇 개 안 되는 확신 중 하나가 아버지가 그 메일 보내는 걸 잊어버려 엄마에게 다음 싸움의 빌미를 제공하리라는 것이었다.

그때 우주인 둘이 들어왔다.

"입을 벌려보렴."

첫 번째 우주인이 면봉을 들고 말했다. 그 면봉으로 내 몸 어딘가를 찌르려는 게 분명했다.

"아무렇지도 않을 거야."

두 번째 우주인이 말하는 사이 그녀의 공범이 내 목에 그 면봉을 집어넣었다. 잠시 숨이 막혔지만 최악의 상황은 지났다고 생각하자마자 다른 면봉이 코로 들어왔다.

정말 너무 한다. 내가 다시 기침을 하자 엄마를 빼고 모두가 뒤로 물러나는 게 보였다.

"팔꿈치로 입을 막아야지, 마티아."

"내일 결과가 나올 겁니다."

면봉 전문가가 엄마에게 알렸다.

"그동안 다른 방법으로 치료하기로 했어요."

그 우주인이 은밀한 곳에서 <스타워즈>에 나오는 검 같은 것을 꺼내더니 내 손목에 고정을 시키면서, 장갑을 껴서 시술이 힘들다고 불평했다.

잊히지 않을 만큼 요란한 울음을 터뜨리려고 했지만 근심에 싸인 엄마의 눈과 마주치고는 눈물을 꾹 삼켰다. 하지만 눈길을 팔로 돌리는 실수를 저질러서 거기 꽂힌 바늘을 보고 말았다. 바늘을 빼보려 해도 꿈쩍도 하지 않았다. 나는 내 용기에 작별인사를 하고 정신을 잃었다.

두 우주인이 엄마에게 내가 잠깐 잠이 든 거라고 말해서 나는 그냥 그렇게 생각하게 내버려두었다. 그날 밤은 하얀 쌀밥 한 줌과 버터에 버무린 시금치 세 줄기를 먹었는데 그 정도만으로도 엄마의 얼굴에 미소가 다시 살아났다. 밥을 먹는 아들의 입을 보는 것보다 엄마를 더 행복하게 하는 일은 없었다.

드디어 병실 불이 꺼졌지만 난 잠이 오지 않았다. 병원 분위기 때문에 불안했다. 삑삑거리는 기계음과 멀리 다른 병실에서 쉴 새 없이 들려오는 아이의 울음소리, 그리고 상념에 빠져 침대 옆 소파에 웅크리고 앉아 있는 엄마……. 내가 기침을 할 때마다 엄마가 겁이 나서 몸을 떠는 게 느껴졌다.

악몽 같은 밤이었지만 새날이 밝자 천사가 좋은 소식을 선물로 가져다주었다. 검사 결과는 음성이었다. 결과를 듣자마자 엄마의 피곤한 눈에서 바이러스가 달아나는 게 보였다.

"기관지 폐렴 같아요. 그래도 한 번 더 바이러스 검사를 해야 해요. 일반적인 절차입니다."

의사가 엄마에게 설명했다. 이 '절차'라는 건 또 뭔지 혼자 궁금해 하고 있을 때 독특한 목소리가 인사를 건넸다. 산속에 졸졸 흐르는 개울물 소리와 청로의 날갯짓 소리 중간쯤 되는 목소리. 수간호사였다.

줄리오 마우로의 엄마는 옆 병동에서 근무했는데 혹시 내가 부당한 대우를 받고 있지는 않은지 확인하러 왔다고 했다.

"너는 우리 아파트에서 제일 용감한 아이지, 그렇지?"

그렇다고 망설이지 않고 대답했다. 유일한 비교 대상은 수간호사의 아들뿐인데 그 겁쟁이는 비겁하게 후방으로 물러나버렸으니까.

수간호사를 보자 엄마는 다시 불안해했다.

"모두에게, 무시무시한 시간이야."

수간호사가 두 발자국 정도 떨어져서 광대 부근에 바람이 좀 통하도록 플라스틱 마스크를 벗었다. 눈 밑이 푹 꺼지고 다크서클이 심했다. 수간호사가 자신과 똑같은 모습의 엄마를 바라보았다.

"타냐, 걱정스러워. 마티아보다 네가 더 지쳐 보여."

"꼭 해야 할 이야기가 있는데 여기서는 안 되고, 집에서 차분히 이야기하도록 하자."

남편이 그녀가 없는 기회를 이용해 아파트를 도둑들의 소굴로 만들었다는 그런 이야기를 친구에게 쉽게 해서는 안 된다고 생각했다.

"무슨 말을 하려는지 알아."

수간호사가 대답했다. 엄마가 식사가 준비됐다고 내게 소리를 지를 때 나의 반응과 비슷했다.

"물론 내가 당황한 건 말로 다 할 수 없어."

벌써 알고 있었구나! 그런데 왜 아직까지 경찰에 신고하지 않았을까? 나는 반니 아저씨가 수간호사나 줄리오 마우로를 죽여버린다고 협박했을 거라 생각했다. 수간호사는 줄리오 마우로를 생각해서 참았는지도 모른다. 나라면 오히려 그 이유로 반니 아저씨를 신고하라고 권했겠지만 말이다. 범죄 영화에서는 수간호사와 줄리오를 '2차 피해자'라고 말한다.

"나도 상상도 못했어, 타냐. 그 사람이 그럴 줄은."

"이해해. 그런 사람이……. 그래도 그렇게……."

엄마가 우물거렸다.

"전혀 의심도 하지 않았어?"

"전혀."

"아, 이런 경우 뭐라고 하는지 알아? 피해자가 제일 늦게 알게 된다. 안드레아가 그런 일을 했을 때……."

"설마! 안드레아도 익명의 메시지를 보냈다는 거야?"

나는 하나도 이해가 되지 않았다. 두 사람 역시 서로의 말을 이해하지 못하는 듯했다.

"아, 지금 엘리베이터와 현관문에 붙었던 그 종이 말이구나……."

"그럼 너는 무슨 얘길 하고 싶었던 건데, 타냐? 발코니에서 내 편을 들어줘서 진짜 고마웠어. 그렇기는 한데 2층의 그 거만한 남자와는 아무 상관이 없더라."

"사실은……."

"맞아, 도나티 씨였어. 그런데 벌써 알고 있었어?"

엄마는 생전 처음 거짓말을 했다.

"나는…… 음…… 다들 조금씩은…… 너는 어떻게 알게

됐는데?"

"그분에게 직접 들었어. 어제 아침에 마당에서, 그러니까 마티아가 좋아하는 그 볼품없는 나무 밑에서 나를 기다리고 있더라고. 두 메시지 모두 자신이 썼다고 고백했어. 그분은 자신이 어떻게 그런 일을 했는지 잘 모르겠다고 했어. 아내 분 때문에 몹시 걱정을 했나 봐. 아내 분이 알츠하이머인거 알지? 도나티 씨 말이 건강이 너무 안 좋다더라고. 그래서 자신이 바이러스에 감염돼서 아내를 돌보지 못할까 봐 두려워했던 거야. 그래서 혹시 그런 일이 벌어지면 내가 돌봐드리겠다고 약속했어. 미안하고 고맙다고 끝도 없이 인사를 하더라."

"그분에게 미운 마음 같은 건 없어?"

"타냐, 어제 오래 전부터 딸과 연락을 하지 않던 어떤 부인의 눈을 감겨드렸어. 세상을 떠나기 전 딸을 진심으로 용서한단 말을 꼭 전해달라고 나한테 간곡히 부탁했어. 최근 몇 주 동안 이 안에서 그런 일들을 경험하다보니, 미워하는 마음은 시간 낭비일 뿐이라는 생각이 들어. 난 그러고 싶지 않아."

수간호사가 멀리서 내게 인사를 하고 다시 플라스틱 보호대를 눈 바로 아래까지 올려 쓰고 자기네 병동으로 돌아갔다.

엄마가 중얼거리는 소리가 들렸다.

"말해줘야 하는데. 억지로라도 말해줘야 하는데."

두 번째 검사는 첫 번째보다 훨씬 수월했지만 다른 이유 때문에 그날이 기억난다. 점심 식사 때부터 엄마의 휴대폰에 학생들의 문자 메시지가 끝도 없이 도착했다. 엄마는 학생들의 문자를 보고 깜짝 놀라며 계속 투덜거렸다.

"네 아버지는 대체 일을 어떻게 한 거야?"

나도 정말 알고 싶었지만 약 때문에 나는 계속 잠에 빠져 있었다. 그래서 나중에 띄엄띄엄 하나씩 알게 되었다.

충분히 예상했듯이, 안드레이는 깜빡하고 엄마가 수업을 할 수 없게 되었다는 사실을 학교와 학생들에게 알리지 않았다. 엄마는 병원에서 나를 돌보느라 더블 제트의 전화를 받지 못했고, 엄마가 왜 전화를 받지 않는지 알아보려고 더블 제트가 누나에게 전화를 한 바로 그때, 아버지가 로사나 누나 방에 들어와서 엄마의 컴퓨터에 접속하라고 말했다. 아버지는 직접 학생들에게 선생님의 전달사항을 알리기로 했다.

컴퓨터 화면에 등장한 낯선 남자가 누구인지 궁금해 하는 체육복 차림의 학생들에게 안드레이는 자신이 체육 선생님의 남편이라고 소개했다. 그리고 전해야 할 메시지가 아니라 함께 공유할 이야기가 있다고 설명했다.

학생들은 아버지에게 크게 관심을 갖지 않았다. 그러자 금발머리에 지휘관 같은 눈빛의 한 학생이 자신의 네모난 화면에서 "들어보자!"라고 소리쳤다.

아버지는 그 학생에게 고맙다고 말한 뒤 노장의 유명 챔피언과 저녁식사 했던 이야기를 시작했다. 아버지는 그 챔피언에게 자신보다 젊고 힘도 훨씬 센 사람들을 상대로 승리를 거둘 수 있었던 비결을 물어보았다.

챔피언은 자신의 비밀을 상당히 중요하게 생각했던 게 틀림없다. 처음에는 비밀 같은 것은 없다고 하더니 잠시 후 밝히지 않는 게 좋겠다고 말했으니 말이다. 하지만 포도주가 세 잔 째 들어갈 때쯤 스스로 비밀을 털어놓게 만드는 데 성공했다.

경기 중에는 누구에게나 바람에 쓰러진 깃발처럼 주저앉을 것 같은 순간이 찾아온다고 한다. 그의 상대들은 모두 거기서 포기를 했지만, 그는 그 순간 눈을 감고 스스로에게 말하곤 했다.

"이제 넌 항복할 거야. 하지만 지금은 아니야. 먼저 다섯까지 세는 거야."

하나.

둘.

셋.

넷.

다섯.

다섯까지 세고 눈을 뜨면 확연히 느껴질 정도로 근육에 다시 힘이 생겼고 싸우고자 하는 욕구가 되살아났다. 그는 그렇게 우리가 우리라고 믿는 것과, 우리가 잊고 있지만 또 다른 우리의 모습을 가르는 경계선을 뛰어넘었다.

아버지는 이 '다섯의 규칙'을 설명하며 수업을 마쳤다. 아버지가 중단한 여러 계획 중에 스포츠 신문 기자가 되는 꿈이 있었다. 게으름 때문에 기껏해야 색종이 뿌리는 사람으로 경기에 참여하는 게 다였지만, 투혼의 서사시에 늘 매료되어 있었다. 그에게 챔피언들은 만화의 세계에 수없이 등장하는 슈퍼히어로의 후계자라 할만 했다.

안드레이의 수업은 학교 채팅방에서 논쟁이 되었다. 몇몇 부모님들은 콧방귀를 뀌었지만, 몇몇 학생들은 엄마의 휴대폰이 먹통이 될 정도로 열광적인 메시지를 보냈다. 금발머리 학생은 엄마에게 문자를 보내 다섯의 규칙을 적용해보기 시작했으며 잘 되고 있다고 전했다.

엄마는 나와 함께 병실에 갇혀서 모순된 감정들 사이에서 싸우고 있었다. 아버지에게 전화를 걸어 번번이 끝도 없이 자기를 과시한다고 소리치면서도, 삶을 마법으로 바꿔놓는 보기 드문 재주를 가진, 그렇게 예측 불가능한 남자에게 여전히 매료되어 있었다.

나는 엄마가 더블 제트와 통화를 하는 동안 그것을 알아차렸다. 엄마가 한 손을 입에 대고 창문 쪽으로 등을 돌린 채 통화했지만 난 한 마디도 놓치지 않고 다 들었다.

"제노, 그 사람이 잘못한 건 누구보다 내가 잘 알아요. 뭐라고요? 교육부 회람이 금지한 건…… 물론 그렇죠. 하지만 아이들이 얼마나 좋아했는지 봤잖아요? 다섯의 규칙, 미친 소리 같죠! 아이들이 잘 되어간다고…… 그 사람을 변호하는 게 아니에요! 그렇지만 그 사람 덕에 우리도 뭔가를 배웠다는 점은 인정해야 해요. 당신은 배운 게 하나도 없군요, 좋아요! 오늘은 우리 둘 다 화가 나 있어요. 아님 우리 둘 다 그 사람을 질투하는 건가? 농담이에요, 제노. 내가 지금 어디 있는지 알죠? 최소한의 권리를 인정해주면…… 그래요, 약속해요. 여기서 나갈 때까지 시간을 좀 줘요. 그러겠다고 했잖아요. 안드레아를 당장 페데리카에게 보낼게요. 언제든 페데리카가 다시 받아줄 테니까요."

그때 간호사가 마지막 진단서를 가지고 들어왔다. 열이 내리면서 며칠 동안 계속된 기침이 사라졌다. 이제 퇴원을 해도 되었다.

엄마가 웃으면서 나를 보더니 왜 슬픈 얼굴이냐고 물었다. 병원에 정이 들어서 그런다고 대답하긴 했지만 사실은 나 자신이 더 믿어지지 않아서 솔직히 말하지 못했다. 아버지가 좋아지기 시작했고 그래서 엄마가 아버지를 내보내지 않길 바란다는 말을.

거실과 로사나의 방

|

악당을 처치한 뒤 영웅은 집을 향해 길을 떠나며 보상을 요구한다. 나는 특별히 거만한 영웅이 아니어서 내가 바라는 단 하나의 보상은 약간의 관심을 받는 정도였다.

부활절 점심에 우리는 마침내 젬마 할머니의 식탁에 둘러앉을 수 있게 되었다. 나는 내심 내가 그날의 주인공이 되길 바랐다. 바이러스 시기에 병원에 입원했다가 주사를 그렇게 맞고도 무사히 퇴원한 사람은 가족 중에 내가 유일하니까.

하지만 처음부터 주인공은 내가 아니라 라자냐였다. 라자냐는 의기양양하게 펜네 리셰의 자리를 빼앗은 채 식탁의 주인 노릇을 하고 있었고, 가족들도 오랜만에 맛보는 라자냐를 나보다 더 반기는 듯했다.

젬마 할머니는 내가 죽었다가 살아 돌아온 사람이라도 되는 양 맞아 주었다. 나를 포옹할 수 없었기 때문에 내 주위를 돌며 손뼉을 쳤다. 안전거리를 유지하며 냄새를 맡기는 했지만 할머니 몸에는 익숙한 빵 냄새가 배어 있었다.

나머지 식구들에게는 내 건강 회복이 더 이상 새로운 뉴스도 아니었다. 라자냐 다음으로는 로마에서 원격으로 연결한 이레네 이모의 사업에 관심이 집중되었다. 엄마 앞에서는 이모를 얕잡아보던 안드레이는 소풍 편지 사업에 이모를 끌어들였는데, 이모가 기대 이상의 성과를 올렸다. 불과 며칠 사이에 이모는 거의 100개의 바구니를 팔았다. 그렇긴 해도 난 방금 병원에서 퇴원했다고, 병원 말이다! 어떻게 이게 중요하지 않단 말이지?

모두들 디저트를 먹기 전에 완전히 열광의 도가니에 빠져서 서로 축하 인사를 나누기 바빴다. 이모는 아버지에게 일을 할 수 있게 해줘서 감사하다고 했고 아버지는 자신을 믿어줘서 고맙다고 했다. 엄마는 누구에게 감사했는지 모르지만 안드레이를 다른 눈으로 보는 것만은 확실했다. 더블 제트에게 집에서 쫓아버리겠다고 약속해 놓고, 갑자기 호감이 생기기라도 한 듯이 말이다.

나야 뭐 특별히 누구에게 감사할 게 없었다. 끝없이 감사 인사를 주고받는 그 자리가 금방 따분해져서 할머니에게 같이 발코니에 나가 별을 보자고 했다.

"이제 겨우 오후 2시야, 아가."

할머니가 말했다.

"온 세상에 하늘의 가치를 새기고 그 빛으로 시간을 측정

하는, 자연의 위대한 관리자여…….”

“할머니, 괜찮으세요?”

“태양에 대한 묘사란다, 마티아. <천국> 10곡이지. 그 사람이 보냈어.”

할머니가 옆쪽 발코니를 가리켰다.

“‘태양도 별입니다’라고 내게 썼더구나.”

나는 도나티 씨가 익명의 편지에 병적으로 집착하는 사람이라는 사실을 할머니에게 알려주고 싶은 마음이 간절했다. 할머니에게는 근사한 말을, 수간호사에게는 욕설을 보낸 사람이라고 말이다. 하지만 아무에게도 말하지 않겠다고 퍼프를 걸고 엄마에게 맹세했다.

다행히 할머니가 화제를 바꿔서 바로 그날 밤 우리 머리 위 하늘에서 보게 될 특별한 별 이야기를 들려주셨다. 그 별 이름은 코르 카롤리였다. 혀가 잘 안 돌아가 발음하기 힘든 단어였는데 ‘카를로의 마음’이라는 뜻의 라틴어였다.

“그거 아니, 아가? 카를로는 어떤 왕의 이름이야.”

“관리인 할아버지 이름이기도 하고요.”

내가 덧붙였다.

잠시 후 다른 사람들도 발코니로 나왔다. 서로 거리를 두고 떨어져 있어서 발코니가 금세 꽉 찼다.

할머니가 반니 아저씨 부부에게 손을 흔들어 인사했고 그들도 같이 인사를 했다. 수간호사는 미소까지 지어보이고는 커튼 뒤로 다시 사라졌다.

"다정한 부부야."

젬마 할머니가 말했다.

"너무 다정해서 탈이죠, 왜 아니겠어요."

엄마가 비웃었다.

"왜 그런 식으로 말하니, 타냐?"

"아무 것도 아니에요, 할머니. 할머니는 신경 쓰지 마세요."

내가 끼어들었다.

"위험한 이야기에요. 우리가 발견했는데 반니 아저씨가……."

"이중생활을 해요."

엄마가 내 말을 잘라버렸다.

"애인이 있다는 거야?"

할머니가 엄마를 향해 물었다.

"그건 아무 일도 아니에요."

내가 다시 말했다.

"우리 아버지도 있는데요, 뭘. 우리가 발견했는데 그 아저씨가……."

"도둑이랍니다!"

안드레이가 다급히 결론을 내렸다. 로사나 누나의 입에서 머랭 한 조각이 튀어나왔다.

"뭐가 우스워?"

내가 기분이 상해서 물었다.

"그 아저씨 진짜 이름은 토리노이고 슈퍼마켓을 다 털었어요. 우리는 공범인 볼로냐도 만났다고요. 토리노는 머리가 좋아요. 수간호사가 병원에 있을 때 볼로냐를 집으로 불러서 체조를 해요. 둘이 어마어마한 도둑질을 준비하고 있지만 더 이상 말할 수는 없어요."

"그렇지 않아도 아내에게 알려야겠어."

엄마가 투덜거렸다.

"침실까지 완전히 다 털어가기 전에 말이야."

"그 도둑들은 다른 계획이 있어요, 엄마. 틀림없어요!"

어느새 누나는 우리의 대화를 듣지 않고 있었다. 누나의 파란 눈 위로 뿌연 막이 드리워졌다. 두 눈은 휴대폰에 고정되어 있었지만 아무 것도 보이지 않는 것 같았다. 누나는 집 안으로 들어가더니 인사도 없이 아래층으로 사라져버렸다.

누나를 따라 집으로 내려갔을 때 우리를 맞이한 것은 누나 방에서 들리는 요란한 소리였다. 차분한 로사나가 그리스 비극의 복수의 여신으로 변해버렸다. 누구라도 고막이 터질 만큼 최대 볼륨으로 음악을 틀어놓은 채 침대와 책상 사이를 정신 없이 왔다 갔다 했다.

"소리 안 줄여?"

엄마가 소리쳤다.

"바이러스로 우리가 더 나은 사람이 된 게 아니에요, 엄마!"

"굉장한 발견이구나."

아버지가 말했다. 아버지는 누나를 세워보려 붙잡았지만 누나가 팔을 빼고 복도로 달려 나가서 모두 뒤를 좇았다.

"다미아노는 멍청이에요!"

누나가 계속 엄마를 보며 말했다.

"엄마 말이 맞았으니 이제 엄만 좋겠어요! 남자를 믿으면 안 된다고 맨날 말했잖아요!"

안드레이가 남자 편을 들어 뭐라고 말해보려 했지만 아무도 아버지에게 관심을 두지 않았다.

"무슨 일인지 설명 좀 해줄래?"

엄마가 차분히 말했다.

"우리가 좀 바보 같은 짓을 했어요. 그런데……."

"어떤 의미에서?"

"오늘 아침에 다미아노가 내 사진을 찍었어요. 나는 다미아노만 보는 줄 알고 귀여운 척 했는데……. 그 애 때문에 다들 봤어요."

"다들이 누구야?"

"장난으로 끝났어야 해요, 엄마. 그리고 이건 밖에 내보내주지 않은 엄마 때문이기도 해요."

"도대체 무슨 말인지 이해를 못하겠구나."

"다미아노가 그 사진을 포스팅 해버렸어요. 얼마나 바보 멍청이인지, 그 사진이 애정표현이라고 생각했대요. 그러다 금방 후회를 하고 사진을 내렸는데 벌써 다들 봤어요."

"그러니까 다들이 누구냐고?"

"우리 친구들이요. 나랑 제일 친한 소피아가 내가……. 그만 둬요, 마티아가 있잖아요. 그 말은 하지 않는 게 좋겠어요."

"마티아, 저쪽으로 가."

"가기 싫어요."

"안드레아, 당신 아들 좀 방으로 데려가, 제발."

"소란 떨지 말자고."

아버지가 말했다.

"무슨 일이 일어난 건 아니잖아? 장난을 쳤고 사진을 찍고 메시지 몇 번 주고받고……. 별일 아니야, 로사나."

"전문가다운 말씀이시네."

엄마가 아버지를 비웃었다.

“다미아노가 날 배신했어요, 아빠. 절대 용서하지 않을 거예요.”

“그래도 30분전까지는 백마 탄 왕자였잖아!”

“그랬죠. 그러다가 백마를 잃어버렸고 이제는 왕자도 아니에요. 이제 만족하세요?”

누나가 엄마를 보고 외쳤다.

“왜 내가 만족해야 한다는 거야?”

“엄마는 나를 방에 평생 가둬둘 거잖아요!”

“말이 너무 심하지 않니?”

안드레이가 끼어들었다.

“아니에요, 아빠. 엄마는 내가 엄마하고 똑같은 꼴이 될까봐 두려워서 내 숨통을 조이는 거라고요!”

“뭐라고?”

엄마가 이를 악물며 말했다.

“엄만 내 나이 때 나를 낳아서 인생을 망쳤잖아요.”

“스물두 살 때였어.”

아버지가 정정했다.

“난 망친 거 하나도 없어.”

엄마가 말했다.

"내가 태어나지 않았으면 엄만 올림픽에 나갔을 거고, 지금쯤 아마 국가대표 선수들을 가르치고 있었을지 모르잖아요!"

"안드레아, 이래도 마티아를 방으로 데려가지 않을 거야?!"

나는 무슨 말인지 거의 이해하지 못했다. 무엇보다 누나 친구들이 누나를 놀린다는 게 이해가 되지 않았다. 누나는 나처럼 토끼 이빨도 아닌데 말이다.

안드레이와 엄마는 30분 뒤 주방 식탁에 앉아 있었다. 엄마는 양파 반지를 끼지 않은 왼쪽 엄지손가락을 깨물면서 오른손으로는 머리를 받치고 있었다. 나는 처음으로 녹음기와 '큰 귀'를 둘 다 챙겨 복도에 숨었다.

"내 잘못이야. 컴퓨터를 다시 주지 말았어야 해. 사이버 폭력에만 노출시켰어……."

"타냐, 그 남자애는 그냥 사랑을 표현해주길 바랐던 거야."

"그렇겠지. 그렇지만 난 로사나의 반응을 이해해."

"다행히 온라인 세상에서 사악한 사람들은 쉽게 싫증을 내고 금방 새로운 대상을 찾아나서."

"잊히지 않는 일들도 있어."

"잊히지 않는 또 다른 행동이 뒤를 이으면 기억에서 사라지겠지."

"당신 생각에 자신 있어? 난 부끄러워, 안드레아. 나는 당신하고 다르잖아."

"다미아노에게 전화해서 우리 생각을 설명해."

"우리가 왜 그렇게 해야 하는지 여전히 이해가 안 돼."

"당신 딸이니까. 그리고 그 애를 위해서라면 당신은 무슨 일이든 할 테니까. 올림픽 출전도 포기했듯이 말이야."

그날 밤, 나는 토리노와 볼로냐 꿈을 꾸었다. 두 사람은 장갑을 끼고 마스크를 쓰고 텅 빈 밀라노 거리를 돌아다녔다. 그러다가 우리 집 발코니로 기어올라와 집안으로 들어오더니 대장 오레스테 디 폰초가 내 방문을 열고 머리를 들이밀었다. 디 폰초는 아코디언 같은 배에 코가 번쩍번쩍 빛나는 괴물이었다.

나는 화들짝 놀라 잠에서 깼고 침대에서 내려오다 뭔가를 밟았다. 피치포가 길게 야옹거리며 까칠한 성격을 유감없이 드러냈다. 잠잘 때 누가 피치포의 꼬리를 밟으면 특히 더 그랬다.

다시 조용해지자 나는 겁이 나서 엄마 방으로 향했다. 엄마 이불 속으로 들어갔지만 엄마는 없었다. 거실로 나가니 안드레이의 소파 침대도 텅 비어 있었다. 로사나 누나의 방문을 두드리려다가 길 쪽으로 난 창문을 보니 보름달이 비쳐 환했다.

엄마와 아버지가 그 밖에, 아스팔트 위에 아이들처럼 웅크리고 앉아 있었다. 손에는 색분필을 들고 이제 막 한 문장을 끝내는 중이었다.

사랑은 이유가 없어

사랑이 바로 이유니까.

글씨에 대문자가 하나도 없어 나는 깜짝 놀랐다. 대문자가 없어서인지 글자들이 소곤거리는 기분이 들었다.

사실 대문자가 하나 있기는 했다. 이 글을 쓴 사람의 서명이었다.

'D.'

다른 문장에는 대문자도 있었다.

'추신. 날 용서해 줘, 로사나.'

다음 날 아침, 날 깨우러 온 누나는 날아갈 듯 기분이 좋았다.

"저 아래 좀 봐."

누나가 말했다.

"그 단테 씨가 할머니에게 싫증이 나서 이제 누나에게 글을 쓰기 시작했나 봐!"

"심통 부리지 마, 마티아. 다미아노가 규정을 위반하며 여기까지 몇 킬로미터를 왔는지 모르겠어?"

다미아노는 아무 상관도 없다고 말하려다가 즉시 입을 다물었다.

"잘했다."

아버지에게 그 이야기를 하자 칭찬을 해주었다.

"사랑하는 사람에게 사실대로 전부 다 말할 필요는 없는 거야."

그 뒤에는 격리 생활 전체를 통틀어 가장 평온한 날들이었다. 이제 부모님은 서로를 모른 척하지 않았다. 마치 그날 밤의 황당한 모험으로, 가라앉아 있었지만 완전히 사라지지는 않았던 옛 추억이 떠올랐던 것 같다. 그로 인해 평화까지는 아니더라도 최소한 휴전을 위한 토대는 쌓은 듯했다. 누나는 두 사람을 '약혼한 이혼 부부'라고 불렀다.

점심과 저녁은 여전히 각자 먹었지만 거실은 공동의 공간으로 돌아왔다. 이제 나란히 소파에 다리를 쭉 펴고 편안히 앉아 텔레비전을 보았다. 아버지는 세르조 레오네 감독의 <달러> 3부작의 세계로 나를 끌어들였다. 영화가 끝날 때마다 우리는 결투 장면을 흉내 내곤 했다. 나는 항상 악당 역을 맡겠다고 나섰다. 4월의 그 오후처럼 그렇게 수없이 죽어본 적은 앞으로도 없었다.

가족들이 함께 보는 영화와 드라마들 중 <왕좌의 게임>은 나에게만 금지되었다. 엄마는 감독들이 검과 토마토소스로 과장을 한다고 주장했다. 그렇지만 그 모험담은 셰익스피어가 썼다고 해도 될 정도라며 안드레이에게 적극 추천했다. 판타지 장르를 몹시 싫어하던 안드레이는 처음에는 썩 내켜하지 않았지만 곧 그 드라마에 빠졌다. 엄마보다 자유시간이 훨씬 더 많았던 안드레이는 한 번에 열 편씩 몰아서 볼 정도로 열광했다. 그리곤 자신이 이미 본 에피소드를 보고 있는 엄마를 볼 때마다 이렇게 말했다.

"그 인물 너무 좋아하지 마, 조금 있다가 죽을 거야."

그러면 엄마가 슬리퍼나 볼펜 또는 손에 들고 있는 거면 무엇이든 아버지에게 던졌다. 어느 날 밤에는 엄마의 분노를 가라앉히려고 아버지가 엄마의 볼에 뽀뽀를 하기까지 했다. 엄마는 비명을 질렀다.

"저리 떨어져, 끈적거려!"

하지만 비명소리가 이상했다. 금방 웃음이 터질 듯한 비명이었다.

엄마는 시도 때도 없이 어른들의 대화에 끼어드는 나를 위해 꿈의 도시를 만들 수 있는 게임을 다운 받아 주었다. 내가 만든 나의 도시에서 나는 마음대로 묘지와 병원들을 없앨 수 있었다. 어른들의 대화를 듣지 않는 건 힘들었지만 그래도 어른들의 관심이 완전히 쏠린 걱정스러운 일에 나까지 관여하지 않으려고 내 세상에서 이리저리 돌아다녔다.

나는 코로나 바이러스 검사에서 받은 음성 판정이 통행허가증이 되어서 마당에 나가 테아와 평화롭게 놀 수 있게 되었다. 테아가 내 자전거를 타며 내게는 자기 유모차를 지키라고 했기 때문에 사실은 인형과 놀았다.

인형은 수간호사처럼 일자 앞머리였는데 난 결국 그 인형을 좋아하게 되었다. 비가 쏟아지던 어느 날 오후, 나는 곧바로 젖은 인형 옷을 갈아입혔다. 마침 측량사 고티 씨가 간식용 과자들이 삐져나온 장바구니를 들고 옆으로 지나가는 중이었다. 고티 씨는 나를 곱지 않은 눈으로 보며 말했다.

"마티아, 계집애들처럼 인형 놀이가 뭐냐? 부끄럽지도 않아?"

"제가 왜 부끄러워해야 해요?"

내가 자랑스럽게 말했다.

"내가 아빠인데요."

누군가의 아버지 같은 기분이 들게 하는 건 그 인형뿐만이 아니었다. 나는 가끔 할머니의 아버지 같은 기분도 들어서 도나티 씨가 할머니의 기분을 상하게 할까 걱정이 되었다. 그래서 내가 완전히 신뢰하는 단 한 사람에게 내 마음을 다 털어놓기로 결심했다.

여러 개의 양동이와 빗자루들을 이용해 계단 청소를 하는 카를로 할아버지를 찾아냈다. 할아버지는 날이 갈수록 숨을 가쁘게 내쉬었지만 쉬게 할 방법이 없었다. 몸이 어떠냐고 물으면 언제나 같은 대답이었다.

"괜찮아. 고맙구나."

"할아버지, 문제가 하나 있어요. 줄리오 마우로 엄마에게 못된 글을 쓴 사람이 누군지 알아요. 그렇지만 아무에게도 말하지 않겠다고 우리 엄마와 약속했어요."

"그런데 왜 그런 이야기를 나한테 하는 거니?"

"할머니에게 시를 보내는 사람과 같은 사람이니까요."

할아버지가 비질을 멈추고 빗자루에 두 손을 올려놓았다.

"그럴 리가 없어."

"정말이라니까요!"

"따라오렴."

이상하기도 하고 호기심이 생겨 관리실까지 할아버지와 함께 갔다. 그가 잠자는 방으로 사라졌다가 두꺼운 책을 들고 나왔다.

단테의 《신곡》이었다.

"네 할머니께서 공부하라고 주시지는 않았지만 내가 할머니에게 말하지 않고 아마존에서 구입했어."

"그럼 제때에 잘 사셨어요. 아마존 씨가 곧……. 그런데 할머니가 공부하라고 하지도 않은 책을 왜 읽어요?"

나는 책을 읽을 때면 선생님이 읽으라고 한 쪽까지만 읽었다. 거기서부터 단 한 줄이라도 더 읽는 모험을 해본 적이 없었다.

"공부를 하고 싶었어, 마티아."

"좀 봐도 돼요?"

"그럼. 찢어지지 않게 조심하렴."

쪽마다 여러 색깔로 강조가 되어 있고 메모가 적혀 있었다.

"단테가 별에 대해 이야기한 부분만 찾은 거란다. 할머니가 별을 굉장히 좋아하시는 거 너도 알지?"

"그러니까 할아버지가……."

"부탁이야, 마티아. 이건 비밀이야. 할머니가 절대 알면 안 돼. 적어도 아직은."

가슴이 미친 듯이 뛰기 시작했다. 난 비밀을 아주 좋아했다.

"그런데 할아버지는…… 할머니랑 결혼하고 싶으세요?"

우린 둘 다 얼굴이 빨개졌다. 마침 해가 지고 있어서 우리 둘 다 빨개진 얼굴을 상대가 보지 못했으리라고 생각했다.

"네 할머니는 놀라운 분이야. 할머니를 보면 내 아내 생각이 많이 나."

"벌레를 몹시 싫어했던 그분요?"

"응."

할아버지가 웃었다.

"사실 할머니도 벌레 싫어하세요. 어쨌든 할아버지는 지금 다 잘못하고 계세요. 여자들은 특별히 감동적인 일에 꼼짝을 못해요. 예를 들어 볼까요? 로사나 누나는 다미아노가 간지러운 문장을 길바닥에 써놓았다는 이유만으로 다미아노와 화해했어요. 그렇지만 그건 다미아노가 아니라……. 됐어요, 그건 중요하지 않으니까요."

"단테의 시를 길거리에 써놓으라는 거야?"

"할아버지는 단테에만 사로잡혀 있어요! 뭔가 다른 걸 생각해야 해요."

"무슨?"

"할머니가 저녁 때 하늘을 자주 바라보는 거 아시죠? 최근에 할머니에게 들었는데 왕의 심장이라는 이름의 별이 있대요. 있잖아요, 그 별이 할아버지처럼 '카를로'래요!"

"맹세컨대 그 심장은 내 심장처럼 이렇게 두근대지 않을 거야……."

"힘내세요, 카를로 할아버지! 뭔가 특별히 감동적인 일을 생각하셔야 해요. 할머니를 깜짝 놀라게 만들어요."

기분 탓일 수 있지만 우리 집에 사는 '약혼한 이혼 부부'는 각자의 애인과 보내는 시간이 점점 줄어들었다. 페데리카가 전화를 할 때마다 아버지는 숨을 몰아쉬기 시작했다.

"자기야, 안 들려……. 연결이 잘 안 되네, 안……돼. 아……."

그러고는 30분 동안 전화를 꺼놓았다.

엄마가 슈퍼마켓에 가는 횟수도 줄어들었다. 우리가 굶어죽을지도 모른다는 두려움이 사라졌을 뿐만 아니라, 안드레이를 내보내겠다는 약속을 아직도 지키지 않는다고 비난하는 더블제트와 거리를 두기 위해서이기도 했다.

엄마는 한가한 시간을 이용해서 서랍 정리를 했다. 어느 날 오후, 거실에서 옛날 앨범의 사진을 보고 있는 아버지와 엄마를 발견하고 깜짝 놀랐다.

내가 태어나기 전의 가족들 사진을 보자 이상한 기분이었다. 엄마, 아버지의 결혼식 날은 할머니까지 모두 젊었다. 안드레이만 지금과 별 차이가 없었다. 그 앨범에는 아버지가 진지

한 표정을 짓는 사진이 한 장도 없었다.

"나는 어디 있어요?"

내가 엄마에게 물었다.

"잘 보면 어딘가에 숨어 있어. 그리고 넌 우리를 너무 좋아해서 우릴 선택한 거야."

"내가 이 분을 선택…… 했다고요?"

아버지를 가리켰다. 그러자 아버지가 나를 놀리는 표정을 지었고 셋이 함께 웃음을 터뜨렸다. 두 사람은 결혼 케이크를 자르기 전에 안드레이가 엄마에게 불러준 노래에 대해 이야기했다.

지미 폰타나의 <Il mondo>였다.

아버지는 이야기를 하다가 기분이 너무 좋아져서 누나 방으로 가서 누나를 데리고 나왔다. 두 사람은 손을 잡고 발코니로 나갔다.

"이 장례식장 같은 분위기는 뭐지?"

아버지가 크게 소리쳤다.

"이제 노래하는 사람이 아무도 없는 건가?"

그러더니 엄마 쪽으로 돌아서서 엄마의 눈을 보며 노래를 시작했다.

"세상은 돌고 있어요, 무한한 우주에서, 방금 시작된 사랑

을, 벌써 끝나버린 사랑을 안고……."

엄마가 웃었고 아버지가 빠르게 후렴구로 넘어갔다.

"세상은 단 한순간도 멈춘 적이 없어요."

"멈춘 적 있지, 당연히!"

엄마가 투덜댔다. 도나티 씨 집의 거실에서 아름다운 여자 목소리가 들려온 건 바로 그때였다.

"……밤이 가면 언제나 날이 밝지요. 날이 밝을 거예요!"

발코니에 도나티 씨가 나타났다. 숱 많은 새하얀 머리가 반짝여서 얼음처럼 보였다. 도나티 씨가 웃으며 자랑스럽게 말했다.

"내 아냅니다."

그러더니 아버지를 보고 말했다.

"고마워요, 고마워! 팬데믹이 시작되고부터 한 번도 노래를 부른 적이 없어요."

우리는 모두 그것을 좋은 신호로 받아들였다. 그런데 거기서 끝이 아니었다. 테아네 아파트 발코니에 지금까지 한 번도 본 적 없는 젊은 청년이 나타났다. 젊은이는 금발머리를 목 부분쯤에서 고무줄로 묶었고 망토처럼 큰 하얀 셔츠 차림이었는데 얼굴이 어찌나 창백한지 셔츠와 구분이 되지 않을 정도였다.

손에 든 바이올린이 햇빛을 받아 반짝였다. 청년은 방금 아버지와 도나티 부인이 노래한 그 곡을 연주했다.

모두 입을 다물지 못한 채 연주를 들었다. 다들 넋을 놓았는데 그중에서도 제일은 로사나 누나였다. 누나 눈에는 신비에 싸인 바이올린 연주자가 자기가 제일 좋아하는 영화에 등장하는, 패션모델 옷을 입은 무시무시한 뱀파이어와 아주 비슷해 보였다.

다음 날, 소독약으로 소독해 반짝이는 아스팔트 바닥보다 더 밝게 빛나는 하늘이 밀라노 위로 펼쳐졌다. 젬마 할머니에게 발코니로 나가 별 구경을 하자고 조르는 건 어려운 일이 아니었다.

우리가 망원경의 초점을 맞추는 동안 할머니는 안드레이가 엄마 학교 앞에 썼다던 문장을 생각해냈다. 길거리에 쓰여 있던 다미아노의 사랑 고백 문장과 똑같았다.

사랑에는 이유가 없어.
사랑이 바로 이유니까.

그때 벨 소리가 들려서 내가 달려가서 문을 열었지만 아무도 없었다. 아니, 할머니에게는 그렇게 말했다. 사실은 카를로 할아버지가 손에 편지봉투를 들고 숨을 헐떡이고 있었다. 봉투가 병아리라도 되는 양 조심스레 들고 있었다.

"단테라고 쓰셨어요?"

내가 소곤거렸다.

"아니. 익명이야."

"그게 누군데요?"

"모르지. 이름 없는 사람이니까!"

그가 조그맣게 소리쳤다. 긴장된 미소를 지으며 내게 편지를 건넸다.

"편지에 쓴 말은 어디서 찾으셨어요?"

"초콜릿 포장지에서."

"초콜릿도 넣으셨어요?"

"아니, ……넣어야 했을까? 네 할머니는 초콜릿 안 드실 텐데."

"전 먹잖아요! 상관없어요. 빨리, 서두르세요."

첩보원이 동료에게 '우리 시계를 정확하게 똑같이 맞추자고'라고 말하는 첩보 영화의 한 장면 같았다. 내게 시계가 없다는 게 유감이었다.

우리는 치밀하게 계획을 세웠다. 할아버지가 고개를 숙이고 계단 쪽으로 갈 때쯤 내가 할머니에게 봉투를 건넸다.

"현관 매트 위에 있었어요."

할머니가 떨리는 손으로 봉투를 열고 그 안의 글을 조용히 읽었다.

"뭔데요?"

젬마 할머니 볼이 빨갛게 물들었다.

"그 사람이야. 이번에는 이렇게 썼구나. '*하늘에서 별을 따서 당신 발밑에 놓아드리리다.*' 익명이라고 서명이 되어 있는데."

할머니가 웃었지만 별을 따다주겠다는 편지와는 반대로 할머니가 직접 망원경으로 하늘을 바라보았다.

"카를로의 별을 찾으시는 거예요?"

내가 물었다.

"맞아, 나의 별 '코르 카롤리'를 찾는단다, 아가야. 그 별은 끝부분만 반짝이지. 그래서 하나의 별이지만 두 개처럼 보인단다. 그러니까 두 사람의 사랑이라고 할 수 있어. 다른 별들 속에서 그 별을 찾으려면 시간과 인내심이 필요해. 사랑처럼. 그러니 우리 북두칠성을 보는 게 어때? 저기 봐, 아름답지 않니?"

우리는 칠흑 같은 어둠 속으로 빠져들었다. 갑자기 아파트 전체의 불이 꺼졌다. 합선이 되어 전기가 나간 것 같았다. 아니면 누군가 일부러 공용 전기 스위치를 내렸거나.

"할머니, 저 아래를 내려다보시면 더 잘 보일 거예요!"

할머니가 당황한 눈으로 나를 보았지만 내 말대로 했다.

마당 한가운데 용기의 나무 밑에 누군가 물이 가득 든 통을 놓아두었다. 어둠 속에 별빛으로 빛나는 하늘 한 조각이 그 물 위로 비쳤다.

"북두칠성이구나!"

젬마 할머니가 감격해서 소리쳤다.

"할머니는 익명의 남자가 도나티 씨라고 확신하세요?"

내가 물었지만 목소리가 너무 작아서 귀가 잘 안 들리는 할머니가 내 목소리를 듣지 못했는지도 몰랐다.

그 순간 다시 불이 들어왔다. 주변이 환해지자, 나는 카를로 할아버지와의 계획을 할머니가 눈치챘을까 봐 겁이 났다. 그래서 만일의 경우를 대비해서 가지고 왔던 스파이더맨 가면을 썼다. 하지만 할머니는 크게 신경을 쓰지 않았다. 미소를 지으며 물 위에 비친 별들을 계속 내려다볼 뿐이었다.

병원에서 돌아온 뒤로 안드레이가 엄마 대신 밤 인사 의식을 거행했다. 용기의 액체를 다섯 번 넣어주는 건 여전히 서툴렀지만 이야기 들어주기는 그럭저럭 잘했다. 언제고 중요한 순간에 이야기를 끊는 데다가 전날 어디까지 이야기했는지를 다 잊어버리곤 했지만 말이다. 그래서 매번 다시 요약을 해주어야 했다.

아버지는 이야기가 끝날 때마다 방에서 나가기 싫은 사람처럼 침대 앞에 있는 소파에서 미적거렸다. 그러다가 조금 뒤에 살금살금 나가는 소리가 들렸다. 발끝으로 걷기는 해도 어딘가에 튀어나와 있는 모서리에 늘 부딪히곤 했다. 문 앞에 도착하면 역광에 비친 아버지의 모습이 선명하게 드러났는데 곧이어 오른쪽에 있는 거실 방향으로 돌아서는 게 보였다.

그날 밤도 아버지가 내 방에 왔고 나는 스파이더맨 가면을 쓰고 이불 속으로 들어갔다.

"왜 얼굴 보여주는 걸 싫어하지, 챔피언? 치아 때문에 그래?"

"누나가 말했어요?"

"그런 차이가 널 더 특별하게 만들어. 모두 그런 치아를 갖고 있는 건 아니잖아."

"난 다른 사람들과 똑같은 걸 원해요. 아버지 정도만 돼도 좋아요."

"네가 변하고 싶다면 먼저 있는 그대로의 널 좋아해야 해."

"할머니가 하신 말이죠."

"아니야, 슈퍼맨이 한 말이야."

"할머니가 슈퍼맨에게 말해줬을 걸요."

"어쨌든 맞는 말이야."

"저한테도 다섯의 규칙 가르쳐주실래요?"

아버지가 웃음을 터트렸다.

"우선 나부터 사용법을 배워야 할 것 같은데."

"함께 해볼까요?"

"좋아. 가면 뒤로 숨고 싶을 때 네 자신에게 이렇게 말해봐. 지금 가면을 써도 돼. 하지만 아직은 안 돼. 먼저 다섯까지 세고. 하나, 둘, 셋……."

아버지가 아주 천천히 숫자를 셌고 내가 눈을 감자 가면을 벗기고 이불을 잘 여며주었다. 아버지는 자는 척하는 나를 보며 뭐라고 나지막이 중얼거렸는데, 이제 가면을 벗고 세상의 문을 다시 열러 가야 한다는 그런 말이었던 것 같다. 아버지가 영원히 이 집에 함께 있을 거라는 생각에 서서히 익숙해진 걸까. 그 말을 들어도 하나도 기쁘지가 않았다.

어느새 나는 아버지의 존재를 장애물로 느끼는 게 아니라 붙잡을 난간으로 생각했다. 내가 낭떠러지 같은 곳으로 떨어지지 않을 수 있도록 하는 중요한 존재처럼 여겨졌다. 이제 아버지가 내 곁에 머무는 진짜 이유에는 관심이 없었다. 이곳에 있다는 사실만으로 충분했다.

아버지는 다시 몇 분 동안 소파에 앉아 있더니 이번에는 모통이에 부딪히지 않고 발끝으로 걸어 나갔다. 그러더니 거실이 있는 오른쪽이 아니라 왼쪽으로 방향을 돌렸다.

'이상하다, 왼쪽에는 엄마 방밖에 없는데.'

그런 생각을 하며 잠이 들었다.

엄마의 방

다음 날 아침, 나는 '약혼한 이혼 부부'가 거실에서 커피를 앞에 두고 웃고 있는 모습을 발견했다. 소파 침대는 어느새 접혀 소파가 되었고 그 위의 작은 쿠션들은 큰 쿠션들과 함께 완벽하게 정리되어 있었다. 정리의 수호신이 아버지를 갑자기 방문했을지도 모르고 아예 잠을 안 잔 것 같기도 했다.

얼굴을 붉히는 엄마는 생전 처음 보았다. 그런데 그날은 세 번이나 얼굴이 빨개졌다.

첫 번째는 로사나 누나가 홍콩 동물원에 있는 덩치 큰 판다곰 이야기를 할 때였다. 판다들은 평생 같은 우리에 살면서도 짝짓기를 한 번도 하지 않았는데 봉쇄로 인해 판다를 구경하러 오는 사람들이 없자 드디어 짝짓기를 했다는 이야기였다.

두 번째는 안드레이가 우한에서 봉쇄가 끝나면서 이혼하는 사람이 증가했다는 신문 기사를 읽어줄 때였다.

세 번째는 문 앞에서 안드레이가 마스크를 내리고 엄마에게 뽀뽀를 하려 할 때였다. 아마 내가 끼어들어 두 사람을 떼어놓지 않았으면 엄마는 그냥 안드레이가 하는 대로 따랐을 게 틀림없다.

이상한 오전 시간이 흐르고, 나는 카를로 할아버지를 만나러 관리실로 갔다. 할아버지는 편지를 쓰고 있었지만 타짜처럼 재빨리 첫 번째 서랍에 편지를 숨겼다.

할아버지는 통 위의 별 아이디어로 내게 칭찬받기를 내심 기대했겠지만 아이들은 과거를 곰곰이 되새기지 않고 미래를 생각하지도 않는다. 오로지 현재에 집중할 뿐이다.

"할머니와 결혼하고 싶다고 언제 말하실 거예요?"

할아버지가 웃었다. 눈 밑이 시커멓게 그늘져 있었다.

"사랑에 뛰어들려면 얼마나 많은 용기가 필요한지 아니?"

"낙하산 없이 비행기에서 뛰어내리는 용기와 거의 비슷하지 않아요?"

"훨씬 더 많아야 해."

"할아버지는 용감하시잖아요, 안 그래요?"

"지금 나는 무엇보다 피곤해. 하지만 기운을 되찾을 테니 두고 보렴."

"할머니에게 다른 편지 쓰고 계세요?"

"무슨 편지?"

"방금 서랍에 감춘 거요."

"널 '매의 눈'이라고 불러야겠는걸."

"할아버지도 어릴 때 비밀 탐정이 되고 싶었어요? 아니면 소방관이 더 되고 싶었어요?"

"나는…… 왕이 되길 꿈꿨지!"

"카를로 왕, 그 별 이름이에요! 제가 읽어봐도 돼요?"

"편지? 아직 다 안 썼어."

그러면서도 할아버지는 서랍에서 종이를 꺼내 내게 건네주었다. 그의 손처럼 거칠거칠한 종이였다.

나는 첫 번째 줄을 읽다가 벌써 손을 들어버렸다.

"헛된 사랑을 허락하지 않는 사랑……."

"글씨 정말 못 썼지. 제대로 읽지도 못하겠구나!"

집에 오니 안드레이가 귀와 목 사이에 휴대폰을 끼고 거실을 서성거렸다. 나를 보자마자 발코니로 나갔지만 나는 멀리서 들려오는 두려움에 잠긴 목소리를 들었다.

"약속할게……. 무슨 소리야, 잘 될 거라고 믿어. 소풍 편지가 아주 잘 되고 있어……. 틀림없이 약속해. 물론 다 갚을 거야……. 이자까지? 좋아, 하지만 시간이 조금 더 필요해. 두 달 정도…… 몇 주…… 아니면 며칠이라도……. 여보세요? 여보세요?"

안드레이는 넋이 나간 사람처럼 입을 다물지 못했다. 그는 다시 거실로 들어와서 소파에 휴대폰을 집어던지고 고개를 푹 숙인 채 욕실로 향했다. 그제야 내가 있다는 걸 깨닫고는 억지로 미소를 지었다. 해리포터의 이마처럼 번개 모양으로 금이 간 검은색 휴대폰이 쿠션 위에 놓여 있었고 나는 그 전화를 바라보았다. 저 안에 내가 궁금해 하는 모든 문제의 해답이 담겨 있다! 욕실에서 변기에 물을 내리는 소리가 들렸다. 시간이 얼마 없었다.

나는 소파로 달려가 휴대폰을 집어 들고 피아니스트 같은 정확한 손놀림으로 휴대폰을 켜서 최근 통화 목록을 확인했다.

안드레이가 거실로 돌아왔는데 말 그대로 어깨가 축 늘어져 있었다.

"도적단의 일당이세요?"

"무슨 소리야? 그 이야기로 장난은 할 만큼 한 것 같은데."

"그러면 왜 오레스테 디 폰초와 통화하셨어요?"

아버지가 침을 두어 번 삼킨 뒤 내게 질문 같은 대답을 했다.

"남의 휴대폰을 몰래 보라고 누가 가르쳤지?"

"저는 탐정이에요. 아니 첩자일지도 몰라요. 아직 결정을 하지 못했어요. 또 아버지는 남이 아니잖아요. 아버지는 아버지예요."

아버지가 어깨를 축 늘어뜨리며 한숨을 쉬었다.

"그래. 안타깝게도."

아버지는 커피를 데우려 주방으로 갔다. 드디어 가스레인지 켜는 법을 배운 모양이었다.

"설명해줄게, 챔피언. ……식당을 열려면 돈이 필요해, 많이. 그런데 오레스테 디 폰초가 친절하게도 내게 돈을 빌려주었어. 다만 지금은 빌린 것보다 훨씬 더 많이 돌려받으려 해."

"그런데 왜 못 돌려줘요?"

"왜냐하면……, 지금은 돈이 없거든. 그러니까 세상 사람들이 모두 집에만 갇혀 있지 않았다면 돈도 마련했을 텐데 말이다. 가게 세도 내야 하고 요리사와 종업원들 월급도 줘야 해. 그리고 몇 년 전부터 공탁금을 받으려고 국가와 소송 중이야. 하지만 소풍 편지가 회복에 도움을 주고 있어. 차츰 나아질 거야. 다들 두고 보면 알겠지……. 너도 두고 보렴."

나는 아버지에게 아직도 물어볼 말이 남아 있었다.

"그런데 아버지는 여기 가만히 있는데 왜 오레스테가 아버지에게 겁을 주는 거예요?"

아버지는 고개를 저었지만 대답을 하지는 않았다.

"어떻게 하지?"

내가 퍼프에게 물었다. 5분 전부터 퍼프 위에 앉아 있었지만 퍼프는 아직 한 마디도 하지 않았다.

"네가 생각하는 동안 내 생각이 어떤지 알고 싶지 않니?"

나는 안드레이가 아버지로서의 역할을 제대로 하지 못한다는 걸 우리 집에 와서 살기 전부터 알고 있었다고 퍼프에게 말했다. 그런데 이제는 그뿐만 아니라 나머지 일에서도 마찬가지라는 것을 알게 되었다. 변호사, 식당 주인, 남편으로서 모두 말이다. 심지어 애인으로서도 그랬다.

"있잖아, 네가 은행장 딸하고 사귀면 애인한테 돈을 빌려달라고 하지, 도둑에게 가겠니? 아니라고? 엄마 말이 맞아. 아버지는 끔찍할 정도로 무능력한 사람이야. 우리가 도와줄 만한 사람이 아니야."

"왜 퍼프를 팔고 싶은 거야? 네 물건들 중에 제일 좋아하는 거잖아!"

누나는 이상한 사람이다. 집에 있는 오래된 장난감들을 본인이 거래하는 인터넷 사이트에 올려 팔자고 몇 달 동안이나 멀미가 날 정도로 이야기하더니, 지금 나의 가장 친한 친구를 내놓겠다고 하니 실망한 듯하다.

"난 원치 않았어, 내 말 믿어줘. 이건 순전히 퍼프 생각이었어. 퍼프의 생각 말이야."

"마티아, 이제 넌 아홉 살이니까 누군간 진실을 말해줘야 해. 의자들은 말을 하지 않아. 의자는 의자의 역할을 할 뿐이야."

"내 퍼프는 달라, 오케이? 내가 그렇게 믿으면 그런 거야, 오케이?"

"오케이란 말 쓰지 마. 짜증나니까."

"누나 짜증도 지겨워. 누나는 엄마와 매일 싸우잖아. 엄마는 누나를 위해……. 좋아, 내가 알게 됐는데……."

"뭘 알게 돼?"

"아무 것도 아니야."

"어서 나한테 말해봐."

"말할 수 없어."

"마티아? 우린 등과 등을 맞대는 사이 아니야?"

늘 그렇듯이 누나가 반칙으로 치고 들어와서 나는 더 이상 버티지 못했다.

"거리에…… 글씨 말이야. 말하지 않는다고 맹세했거든."

"나도 벌써 알았어."

"정말?"

"다미아노가 말해줬거든."

"왜 다미아노가 말했대?"

"거짓말하는 걸 싫어하거든. 그래서 난 그 애가 더 좋아졌어. 물론……."

"물론, 뭐?"

"물론 그건 별건 아니라고, 오케이?"

이번에는 누나가 오케이라고 말했다.

"이제 왜 퍼프를 팔기로 결정했는지 설명해볼래?"

누나가 포기하지 않고 물었는데 아마 화제를 돌리기 위해서인 듯했다.

"누나 등 없어도 돼. 그러니까 누나에게 말할 수 없어. 친구를 위해 돈이 필요하거든."

"어떤 친구?"

"그냥 아마존 씨라고 부를게, 오케이?"

엄마가 저녁을 먹으라고 불렀을 때 나는 너무 오래 삶아 푹 퍼진 파스타 한 접시를 받아서 텔레비전 앞에서 먹을 생각으로 주방까지 깡충깡충 뛰어갔다가 깜짝 놀라고 말았다. 식탁에 4인분의 식사가 차려져 있었기 때문이다. 평소와 마찬가지로 푹 퍼진 파스타이긴 했다.

나는 한쪽 다리 위에 엉덩이를 올려놓고 앉아서 파스타를 곧장 입으로 가져가 삼켜버렸다. 엄마가 소름끼치게 뭐라고 소리를 질렀고 아버지는 즉시 내게 바나나시티대학 원숭이학과에 딱 어울리는 오랑우탄 교수님이라는 별명을 붙였다.

모두 같이 그렇게 식탁에 앉았다.

식탁 분위기는 약간 제멋대로였다. 우리는 같은 자리에 모여 앉아 있는 데 익숙하지 않았다.

어수선한 분위기 속에서 엄마가 더블 제트의 전화를 받으러 주방을 나갔다가 전혀 이해할 수 없는 눈빛으로 돌아왔다. 나중에야 알게 되었는데 그 전화는 제노 조르치가 아내와 자식들에게 돌아갔다는 통보 전화였다. 물론 제노 조르치는 봉쇄가 끝날 때까지만 그들과 머물 계획이라는 말도 빠뜨리지 않았다.

엄마가 돌아오자 이번에는 누나가 자리에서 일어나 거실 텔레비전을 켰다. 마침 주머니에 냅킨을 꽂은 그 남자가 연설 중이었다. 남자는 며칠 내로 음식점과 바를 비롯해 그동안 문을 닫아야 했던 모든 장소의 영업과 출입이 허용될 것이라고 설명했다. 다만 실내에 있는 좌석만은 예외였다. 그러나 그 좌석들 중에서도 허락을 받은 좌석은 상관이 없었다.

“저게 무슨 말인지 이해하는 사람만 외출할 수 있겠어요.”

누나의 말에 엄마는 간신히 미소를 지었다. 그래도 냅킨을 꽂은 남자가 엄마의 긴장을 풀어 마음을 편안히 해준 듯 했다.

엄마는 오스트레일리아의 신성한 산인 에어즈 록 그림의 퍼즐을 샀다. 500조각이나 맞추어야 하는 퍼즐이었다. 우리는 식탁에 앉아 퍼즐 맞추기가 먼저 끝날지, 록다운이 먼저 끝날지 내기를 하며 즐겁게 퍼즐을 맞추곤 했다. 이따금 거실에 있던 엄마가 다가와 함께 퍼즐을 맞추곤 했는데 그런 광경이 왠지 감동적이어서 나는 엄마의 휴대폰으로 엄마의 사진을 찍기 시작했다.

“그거 알아? 방금 굉장히 좋은 아이디어가 떠올랐어.”

아버지가 퍼즐을 맞추며 엄마에게 말했다.

“맙소사! 또 무슨 아이디어?”

엄마가 소리를 질렀다.

“다 맞춘 퍼즐을 파는 거야!”

“아무도 안 살걸? 퍼즐의 매력은 이 세상에 태어날 때의 우리와 비슷해. 사방에 흩어져 있는 수많은 조각들에게 제자리를 다시 찾아주는 거지. 이미 다 맞춰진 퍼즐에 무슨 재미가 있겠어?”

“나 목말라요.”

누나가 엄마의 말을 잘랐다. 듣기 싫은 말을 멈추고 싶을 때 누나가 자주 쓰는 방법이었다.

"물병 네 코앞에 있어."

엄마가 대답했다.

"비었어요."

"그럼 가서 채워 와."

"인생이 바로 퍼즐이야. 잔에 물이 벌써 가득 차 있다면 무슨 재미가 있겠어?"

아버지가 엄마를 흉내 내며 말했다.

"오늘 밤은 거의 가족 같은데?"

누나가 말했다. 누나가 감동할 때면 들을 수 있는 빈정거리는 말투였다.

"그건 그렇고, 나 내일 로마로 돌아가."

안드레이가 말했다. 역시, 분위기를 깨는 데 선수였다.

"왜요?"

로사나가 물었다. 그 사이 엄마는 입술을 깨물었고 나는 게임에 빠져 정신 나간 사람처럼 계속 휴대폰 게임을 했다.

"마티아, 게임 좀 끌래, 제발!"

아버지가 나를 향해 소리친 뒤 담담하게 말했다.

"업무를 보러 가는 거야. 이제 세상이 다시 돌아가려고 하는데 내 일이 다 망하게 그대로 놔둘 수는 없잖아."

"당신 주위에 온기가 도는 것을 느끼자마자 혹시라도 불에 타 죽을까 미리 겁내는 거야."

엄마가 낮은 목소리로 날카롭게 말했다.

"어쨌든, 당신 좋을 대로 해."

"이번에는 내가 어떻게 해야 하는지 확실히 알아. 나를 믿어 줘. ……마티아, 휴대폰 내려놔, 몇 번을 말해야 돼!"

엄마가 벌떡 일어나는 바람에 거의 다 맞춘 퍼즐을 팔꿈치로 쳐서 퍼즐 조각들이 비 오듯 바닥으로 떨어졌다. 엄마는 방으로 가서 문을 닫아버렸고 곧이어 누나도 엄마 흉내를 내며 자기 방으로 가 문을 닫았다. 아버지는 사과를 하나 깨물더니 발코니로 나갔다. 아마 문을 닫고 들어가버릴 방이 없기 때문이리라.

"마티아, 문 좀 열어줄래?"

방으로 들어온 나는 아버지 목소리를 듣고 싶지 않아서 문을 잠가버렸다.

"마티아, 아버지가 재미있는 이야기해줄 건데 싫으니?"

태어나서 그때까지 너무 많은 이야기들을 들었다.

"마티아, 퍼프 일 말이야. 내 이야기 좀 들어 볼래?"

퍼프라는 말에 나는 결국 문을 열어주었고 피치포에게 보초를 세우고 즉시 이불 속으로 들어갔다. 안드레이는 굳은 얼굴이었고 수염이 꽤 길었다. 퍼프 위에 앉아도 되냐고 내게 물어서 나는 괜찮다고 했다. 나이 많고 지혜로운 퍼프가 아버지에게도 적절한 조언을 해줄지도 모르니까.

"아직도 퍼프 좋아하지?"

아버지가 내게 물었다.

"제일 친한 친구니까요."

"그런데 팔기로 결심했구나……."

아버지는 갑자기 눈물을 흘렸다. 퍼프가 아니라 아버지가 말이다! 아버지는 잠시 후 벌떡 일어나더니 침대에 와서 앉았다.

"로사나에게 다 들었어."

"난 누나에게 아무 말도 안 했는데요?"

"그러면 로사나가 혼자 알아냈나 보네. 로사나는 나한테 화가 났어."

"잘됐네요."

"내가 너한테 그런 말을 했다고 날 절대 용서하지 않을 거라더라. 누나가 너 엄청 사랑하던데, 아니?"

"알아요."

"그런데 정말 퍼프 팔고 싶니? 고맙다, 챔피언. 그렇지만 필요 없어……. 그러면 안 돼……."

아버지는 내 쪽으로 몸을 숙이더니 나를 껴안았다. 눈물을 흘려 수염이 두 뺨에 달라붙어 있었다. 그런 채로 우리는 서로 잠시 껴안고 있었다.

"한 가지 말해줄까?"

눈물을 닦으며 아버지가 다시 말했다.

"난 어릴 때 고치고 지우는 걸 좋아하지 않았어. 틀리면 공책을 찢고 처음부터 다시 시작했지. 나는 평생 그렇게 살았단다. 네가 태어났을 때, 넌 내가 한 번도 본 적 없는 아름다운 그림이었어. 하얗고 깨끗한 종이 위에 그린 그림 말이다. 그러다가 내가 실수를 했어, 마티아. 아주 많이. 난 이번에도 고치거나 지우지 않고 종이를 버렸어."

"휴지통 보셨어요? 어쩌면 아직 거기 있을지 몰라요. 나는 종이를 구기기는 하지만 찢지는 않거든요."

"휴지통 한 번 볼게, 약속하마."

"꼬마 비스킷 기억나세요?"

내가 물었다.

"물론이지. 아버지인 버터나이프도 기억해. 내가 휘핑크림 정신없이 좋아한다고 말했니?"

"상상이 가요."

"그래, 지금 꼬마 비스킷은 중요한 여행을 떠나려고 해. 드디어 이유를 찾았거든. 그래서 너무 늦기 전에 거기에 도착해야 해."

"그렇지만 이유는 모두에게 똑같은 거 아니에요?"

"아니야, 마티아. 꼬마 비스킷은 각자가 다른 이유를 가지고 있다는 걸 알게 됐어. 그리고 자기만의 이유를 찾아야만 다른 사람에게도 좋다는 걸 깨달았지."

"그 이유는 뭘까요?"

"사랑하는 일들을 정리하는 법을 배우는 거야."

"다른 사람을 데려가면 안 돼요?"

"안 돼. 끝까지 혼자 해야 하는 여행도 있는 거란다."

"그럼, 돌아오세요?"

"오, 물론이지. 다음 이야기들로 돌아올 거야. 모험담은 아직 끝나지 않았어."

"으음."

"네가 내 말을 이해했으면 좋겠구나. 늘 도망치기만 했던 내게 시련을 마주할 용기를 준 사람이 바로 너야. 두려움보다 하고 싶은 일이 더 많아지면, 여러 가지 일이 일어나지. 그리고 지금은 무엇보다 너를 잘 보살피고 싶단다. 내 말 믿지?"

"네."

"믿어줘서 고맙구나. 돌아올 테니 두고 봐. 너는 대신 반니 마우로와 도적 일당을 잘 관찰하고 있어야 해."

"생각해 보았는데…… 우리가 아마존 씨 돈을 훔치면 안 되나요?"

"물론 그러면 내 빚을 다 해결할 수 있겠지."

아버지가 한 손으로 내 머리를 쓰다듬었다. 이번에는 그렇게 나쁘지 않았다. 처음 있는 일이었다.

"잘 해낼 수 있을 거야, 마티아. 누구 돈을 훔치지 않고 말이야. 네 퍼프도 팔 필요 없고. 너와 제일 친한 친구잖아. 곁에 꼭 가지고 있으렴."

"아빠?"

"응?"

"아빠가 말하는 동안 피치포가 쭉 아빠 무릎에 앉아 있었는데 아직 재채기 안 한 거 아세요?"

"넌 날 아빠라고 부른 거 아니?"

아빠는 해가 뜨기 전에 떠났다. 주방에 있던 노란색 모카 포트는 벌써 사라졌고 가방도, 식탁 위에 널브러져 있던 잡동사니들도 마찬가지였다. 그것들 대신 정리 정돈된 삭막한 식탁에 스프 그릇 세 개, 작은 수저 세 개, 냅킨 세 개, 아직 뜯지 않은 쿠키 한 봉지가 가지런히 놓여 있었다.

엄마는 오렌지 주스를 만들며 다른 날 아침처럼 내게 인사했다. 오늘 다시 그 장면을 떠올려 보니 무심하게 보이려고 애쓰던 엄마의 모습에 가슴이 뭉클해진다. 하지만 그 당시에는 이해하지 못했다.

엄마는 싱크대를 닦고 오렌지를 눌러 즙을 짠 뒤 짜개를 닦고 싱크대를 다시 닦았다. 스테인리스로 된 싱크대가 엄마와 달리 반짝반짝 빛났다. 엄마는 평소와 달리 헝클어진 머리를 빗지 않았고 실내용 슬리퍼도 신지 않았으며 짝이 맞지 않은 양말에 트레이닝복 바지 차림이었다. 바지는 무릎 아래로 내려오길 거부한 듯 무릎에 걸쳐 있어서 챔피언다운 날씬한 종아리가 그대로 드러났다.

그 시간쯤이면 로사나 누나는 벌써 학교 수업에 접속을 했어야 하지만 엄마는 서둘러 누나를 깨우러 가고 싶은 생각이 없어 보였다. 결국 누나가 혼자 일어나 우리가 있는 곳으로 왔다. 누나 역시 평상시와 다름없이 침착했다.

"안녕히 주무셨어요, 엄마. 지금 팬케이크 먹을 수 있어요?"

"가서 컴퓨터부터 켜. 방으로 갖다줄게."

두 사람 모두 너무나 큰 빈자리를 아는 체하지 않았다. 그 공백에 신경을 쓰는 사람은 나밖에 없는 듯했다.

나는 쿠키 셰이크를 꿀꺽꿀꺽 마시고 내가 제일 좋아하는 친구에게 가서 털썩 주저앉았다. 퍼프는 엄마와 누나가 스스로의 마음과 숨바꼭질을 하는 중이라고 설명했다.

나는 안드레이가 아무도 없는 기차 안에서 마스크를 쓴 채 장갑을 손에 들고 슬픈 생각에 잠겨 여행하는 상상을 했다. 엄마에게 가서 궁금한 것들을 막 물어보고 싶었지만 엄마는 틀림없이 대답을 피할 것이다.

피치포가 자기 바구니에서 얼굴을 살짝 내밀더니 내 무릎으로 뛰어 올랐지만 크게 환영받지 못했다. 피치포는 화도 내지 않고 카펫으로 굴러 내려갔다. 나의 우울을 함께 나누는 것처럼 풀이 죽은 모습이었다.

우리를 도와줄 사람은 젬마 할머니밖에 없었다.

할머니는 텔레비전 앞에 앉아 계셨다. 한참 전에 녹화해놓은 게 분명한 퀴즈 프로그램이 진행 중이었다. 스튜디오의 청중석에는 사람들이 꽉 찼고 진행자는 연신 경쟁자들의 어깨를 토닥였다.

"뭐 보고 계세요?"

"예전 세상."

할머니가 대답했다.

내가 현재 우리 집에서 일어난 일을 알리자마자 할머니는 텔레비전을 끄고 내 쪽을 돌아보며 눈을 마주 보았다.

"난 네 아버지가 오는 걸 찬성하지 않았어. 떠나는 날이 두려웠기 때문이란다."

안드레이가 돌아온다고 약속했다고 할머니에게 알려주었다. 지금까지 아빠를 믿은 적이 한 번도 없지만 이번에는 믿어보기로 했다는 말도 했다.

할머니가 고개를 여러 번 젓다가 곧 멈추었다. 문학과 관련된 생각이 떠오를 때마다 그랬듯이 얼굴이 환하게 밝아졌다.

"'*누군가를 신뢰할 수 있는지 알아보기 위한 제일 좋은 방법은 그를 신뢰하는 것이다.*' 어떤 미국 작가의 말이야."

"엄마와 누나는 아빠가 아예 이 세상에 없는 사람인 것처럼 굴어요."

"자신을 지키려고 방패를 든 거야, 아가."

"방패를 너무 높이 들면 어떻게 보죠?"

젬마 할머니가 나를 쓰다듬으려 한 손을 뻗었다가 손을 입으로 가져가 내게 손으로 뽀뽀를 보냈다.

"인생을 믿어보렴."

할머니가 말했다.

"인생은 깜짝 선물을 잔뜩 담은 상자야. 너를 위해서도 분명 하나를 보관하고 있을걸."

빵 냄새가 났다. 길고 긴 여행 끝에 집에 온 기분이었다.

터무니없지만 그래도 매력적인 장면 하나가 마음속에서 또렷해져갔다. 카를로 할아버지가 할머니와 결혼하고 나도 두 분을 따라 한 번도 가본 적 없지만 너무나 아름다운 곳으로 떠나는 장면이었다. 줄리오 마우로처럼 이사를 가는 것이다.

카를로 할아버지가 소심하므로 이 일은 내가 준비 작업을 서둘러야 겠다고 생각했다.

"할머니, 물통에 별이 비치게 한 사람이 누구인지 궁금하지 않으세요?"

그 순간 귀청을 찢을 듯한 날카로운 소리 속으로 내 마지막 말이 빨려 들어갔다. 내가 너무나 잘 아는 소리였다. 잠이 안 오는 밤이면 수도 없이 듣던 소리였지만 지금은 그 소리가 점점 더 가까워지더니 마당에서 멎었다.

구급차의 사이렌 소리였다.

나와 할머니는 발코니로 나갔다. 엄마와 로사나 누나를 포함해서 아파트 주민들이 모두 발코니에 나와 있었다. 마지막 층의 자명종 할머니는 난간을 붙잡고 서 있었고 측량사 고티 씨는 손에 반쯤 남은 간식을 들고 있었다. 나머지 반은 입 속에 있었지만 긴장해서 씹는 것을 잊어버리는 바람에 볼이 미어지게 베어 문 간식은 처분을 기다리는 중이었다. 반니 아저씨는 평상시의 거만한 모습이 사라져 아예 딴사람 같았다. 놀라서 휘둥그레진 두 눈이 슬퍼 보이기까지 했다.

병원에서 나를 공포에 떨게 했던 것과 똑같은 우주복 차림의 간호사들이 구급차에서 내렸다. 간호사들이 관리실에 도착했을 때 나는 뱃속이 얼어붙어 숨을 쉬기가 힘들었다.

바이러스가 아파트로 들어와 카를로 할아버지를 삼켜버렸다. 그 광경을 보자마자 모두들 그렇게 생각했다.

“병원으로 데려가는 걸까요?”

내가 물었지만, 할머니는 숄을 가슴에 꼭 여미며 알아듣기 힘든 말을 중얼거렸다.

숨 막히는 시간이 지나고 아까 들어간 우주인 두 명이 나오는 게 보였다. 그들이 들것을 옮겼는데 그 위에는 사람이 아니라 검은 자루가 놓여 있었다. 그리고 자루 안에 들어있는 몸의 형체만 어렴풋이 보일 뿐이었다.

젬마 할머니가 실내용 가운 옷소매로 내 눈을 가렸다. 할머니가 중얼거리며 숨죽여 흐느끼는 소리가 들렸다.

“세상에, 아가, 아가…….”

출입문

영웅은 지옥에 떨어진다. 괴물들과 싸웠지만 돌아오는 길로 들어섰을 때 남은 이는 자신뿐이다.

겉으로 보면 영웅은 전부 다 잃었다. 가족, 친구, 미래, 모험을 시작하기 전에 가졌던 것과 모험을 하며 얻은 것 모두. 그래서 우리는 영웅을 더욱 사랑한다. 우리는 그의 이야기 속으로 들어가 끝난 게 아니라고, 혼자가 아니라고 그에게 속삭인다. 우리가 있다고, 우리는 여기까지 오면서 그가 배운 그 모든 것이라고.

카를로 할아버지는 바이러스에 감염된 게 아니었다. 아파트 사람들이 바이러스에 감염되지 않을까 온 신경을 쏟다 보니 건강하지 않은 그의 심장에 무리가 간 것이었다.

그가 자주 말했던 '절개' 때문에 병원에 몇 번을 전화했었지만 병원에서는 항상 병실 자리가 없다고 말하며 입원 날짜를 한 주, 두 주, 한 달, 두 달 연기했다. 그렇게 여름 중간쯤으로 입원 날짜가 정해졌지만 카를로 할아버지는 다시는 병원에 갈 수 없게 되었다.

처음 위험을 알린 사람은 도나티 씨였다. 도나티 씨는 지난 세기에 아내와 함께 불렀던 유명한 노래 선곡집을 슈퍼에서 발견해 즐거운 발걸음으로 돌아오던 참이었다. 관리실 옆을 지나다가 습관적으로 카를로 할아버지의 의자 쪽으로 눈을 돌렸다. 할아버지는 책에 머리를 대고 책상에 힘없이 앉아 있었다. 옆구리에 힘없이 늘어진 부자연스러운 팔 위치만 아니었다면 잠을 자고 있다고 생각할 만한 자세였다.

이상하게 생각한 도나티 씨가 유리문을 몇 번 두드렸다. 카를로 할아버지가 움직이지 않자 안으로 들어가 보려다가 용기가 나지 않아 집으로 돌아와 응급실에 전화를 한 것이다.

바이러스로 인해 장례식을 준비할 수도 없었다. 분노한 목소리로 항의하는 엄마의 목소리가 들렸다. 다른 사람도 아닌 엄마가 '신중함이라는 가면을 쓴 두려움이 우리 모두를 비인간적으로 만든다'고 불평했다.

로사나 누나는 '죽음은 아무에게도 알리지 않은 채 조용히 세상에서 사라지는 것'이라고 일기장에 썼다.

아빠가 엄마의 휴대폰으로 전화를 했는데 엄마는 아빠에게 인사도 없이 전화를 내게 건네주었다. 곧 온다고 약속하기는 했지만 정확한 날짜는 정하지 않고 얼버무리는 아빠의 목소리를 들으며 버려졌다는 느낌이 강하게 들었다.

왜 아빠는 당장 돌아와서 내게 혼자가 아니라는 확신을 주지 않는지, 카를로 할아버지가 세상을 떠나긴 했지만 세상일은 그래도 여전히 의미가 있다고 안심 시켜주지 않는지 이해가 되지 않았다. 아들에게 죽음이 모든 것을 이기지는 못한다는 말을 해주려고 기차를 타는 것조차 허락되지 않는다면 세상일은 아무 의미도 없는 게 분명하다.

사람이나 물건 모두에게 카를로 할아버지의 빈자리는 크게 다가왔다. 불과 며칠 사이에 아파트는 황폐해졌고 카를로 할아버지의 사려 깊은 도움을 받던 입주민들은 우왕좌왕했다.

할머니는 갑자기 늙어보였다. 문 앞 매트 위에 놓여 있곤 하던 편지가 사라진 이유도 궁금해 하지 않았다. 할머니가 그렇게 좋아하는 단테가 이 모습을 봤다면, 죽음이라는 유령이 할머니의 마음을 메마르게 하고 모든 희망을 가져가버렸다고 말했을지도 모른다.

"예전에는 집에서 아프면 병원으로 데려갔지. 지금은 병원에서 아프면 집으로 돌려보낸다니까."

할머니가 중얼거리는 소리를 들었다.

나와 퍼프는 편지를 쓴 사람이 사실은 카를로 할아버지였기 때문에 앞으로는 편지가 오지 않을 거라고 할머니에게 알려야 할지 말지를 서로에게 물었다. 하지만 막상 내가 말을 꺼내려고 할 때마다 뭔가가 나를 가로막았다.

어느 날 저녁, 젬마 할머니가 발코니로 나가 별이 뜬 밤하늘을 함께 보자고 했다. 할머니는 아주 오래전의 전쟁 이야기, 야간 통행금지, 배급, 피난 이야기를 들려주었다. 지금 두려움에 떠는 우리를 비웃듯 머리 위에서 반짝이는 하늘과 똑같은 밤하늘을 올려다보던, 나보다 훨씬 어린 여자아이 이야기도.

"언젠가 너도 네 손자들에게 이런 이야기를 들려주게 되겠지."

할머니가 말했다. 그러더니 망원경을 들어 하늘을 올려다보았다.

"카를로의 마음은 자기 별로 갔을까요?"

내가 물었다.

"카를로는……."

할머니는 눈물을 흘리고 싶지 않아서 애써 눈물을 삼키며 말을 멈추었다.

"……살아 있어. 죽었어도 살아 있으니까. 무슨 말인지 이해하겠니, 아가? 젊음과 늙음은 '무엇'이 아니라 '어떻게'에 달려 있어. 카를로는 모든 일에 열정적으로 감탄하며 살았어. 어린

아이나 사랑에 빠진 사람들과 똑같이 말이야. 카를로는 매 순간을 처음 경험하듯 살았지."

할머니가 깊은 슬픔에 잠겨 있어서 나는 차마 편지의 비밀을 말하지 못했다. 지금까지 그 점을 한 번도 후회해본 적이 없다. 나중에 알게 되었는데 할머니는 그 사실을 진작 알고 계셨다. 그러니 내가 말을 했더라면 할머니의 추억을 망쳐놓았다는 자책감에 견디기 힘들었을 것이다.

"지하세계로 내려가기는 쉽지만 돌아와 하늘을 향해 달려가기는 쉽지 않다. 이것이 과업이고 진정한 모험이다."

할머니가 망원경을 내게 돌려주며 말했다.

"《아이네이스》 제 6권에 나오는 말이야. 힘내렴, 아가야. 우리 다시 기운을 내자. 기분이 어떠니?"

"좋아요, 고맙습니다."

내가 대답했다.

세상이 멈추기 전에 이미 그랬듯이 다시 시작하려 할 때도 세상은 위험할 정도로 속력을 내기 시작했다.

어느 날 아침, 집으로 돌아온 엄마의 눈이 눈물에 젖어 있었다. 엄마는 밀려오는 파도처럼 급히 방으로 들어갔다. 그리곤 향을 켜고 카펫에 책상다리를 하고 앉아서 이상한 기도문 같은 노래를 부르기 시작했다. 누나 말이 엄마가 슈퍼마켓 냉동식품 코너 앞에서 더블 제트와 헤어졌다고 한다.

봉쇄라는 극한 상황 속에서 엄마는 지금 사귀는 애인이 두 번째 남편과 크게 다르지 않다는 것을 알게 되었다. 똑같이 나약하고 불평불만이 많았지만 애인은 법적인 남편보다 덜 흥분했고 일탈도 그리 많이 하지 않았다. 대신 남편은 애인과 반대로 예측하기 힘든 성격과 용기라는 평범하지 않은 재능을 가졌다.

하지만 엄마와 아빠가 일시적으로 가까워지기는 했으나 그게 엄마의 선택을 좌우할 정도는 아니었다. 제노 조르치는 자기 엄마 집에서 원래의 집으로 돌아가는 형벌을 스스로에게 내렸다. 자동차 경주에서 우승하기 위해 출발했다가 첫 번째 굽잇길에서 후진 기어를 넣고 차고로 돌아오는 참가자처럼 말이다.

냉동 미네스트로네 스프들 사이에서 끝난 극적인 에필로그에서 더블 제트는 '인생이라는 로데오가 회전문을 다시 열어주기가 무섭게' 우리 집에 닻을 내리겠다고 엄마에게 약속하며 다시 희망을 주려 했다. 더블 제트는 은유의 달인이었다. 하지만 엄마가 더 이상 그의 말을 믿지 않았으므로 그런 말들은 아무 의미가 없었다. 그동안은 그와 연결되어 있던 끈 때문에 헤어지기가 힘들었는데 엄마는 이제 그 끈을 끊어버렸다.

그날 밤, 나는 드디어 엄마와 단 둘이 있게 되었다. 엄마의 눈은 부었지만 눈물은 보이지 않았다. 폭풍우가 끝난 뒤 다시 창문을 열었을 때와 같은 상쾌한 미소를 짓고 있었다.

엄마는 꼬마 비스킷의 모험담을 다시 듣고 싶어 했다. 엄마에게 들려준 뒤로 한참 더 이야기가 진행되었지만 그걸 다시 요약하고 싶은 생각은 없었다. 그렇게 하면 아빠의 빈자리가 온 방에서 느껴질 것만 같았다. 나는 그냥 그런 아픔에서 자유로워지는 편을 택했다.

"엄마, 엄지손가락 이야기 해줄래요?"

엄마 눈이 휘둥그레지더니 소파에서 일어나 내 침대 가장자리에 앉았다.

"어떤 엄지손가락?"

"그 이야기 있잖아요. 할머니는 집게손가락, 로사나 누나는 가운데, 나는 넷째 손가락, 이모는 새끼손가락이요. 그래서 엄마의 '이유'는 모두 함께 손에 있는 거라고 했잖아요. 엄지손가락이 누군지 말 안 해주셨어요. 아빠에요, 제노 조르치에요?"

엄마가 웃음을 터뜨렸는데 아주 오랜만에 듣는 소리였다.

"아니야, 마티아."

이렇게 말하며 내 곁으로 더 가까이 다가왔다.

"엄지손가락은 엄마야. 처음부터 언제나 나였어. 그걸 잊어버리고 있었을 뿐이야."

엄마는 손가락에서 양파 모양의 반지를 뺐다. 그리고 몇 달 전부터 절대 안 된다고, 생각조차 안 된다고 금지시켰던 행동을 망설임 없이 했다.

내 옆에 누워 나를 꼭 안아준 것이다.

나는 성인이 되어 '떨어지는 컵의 법칙'을 배웠다. 작품을 시작하기 전에 작가는 언제나 등장인물들을 책상 주위에 모이게 한 뒤 컵을 떨어뜨린다. 등장인물들은 이 사건에 각기 다르게 반응한다. 어떤 사람은 비명을 지르고 어떤 사람은 태연하게 깨진 컵 조각을 줍기도 한다. 다 다르기 때문에 그 이야기는 쓰일 만한 가치가 있다. 그렇지 않다면, 굳이 쓸 필요도 없을 것이다.

내 이야기가 쓰일 가치가 있는지 난 잘 모른다. 어쨌든 법칙은 우리에게도 들어맞았다. 우리 책상은 아파트의 발코니, 컵이 깨지는 순간은 봉쇄가 끝나는 시점이었다. 봉쇄는 '2단계 상황'이라는 평범하지 않은 표현과 함께 역사 속으로 사라졌다.

이제 진술서 없이 집 밖으로 나갈 수 있게 되었는데도 측량사 고티 씨는 자신의 아파트 안에서 꼼짝하지 않았다. 대신 텔레비전 앞이 아니라 러닝머신 위에서 시간을 보내며 새로운 습관들이 주는 기쁨에 푹 빠져 있었다. 그는 러닝머신을 인터넷으로 구입했다. 반면 전자결제를 불신하는 도나티 씨는 아내를 위한 흔들의자를 사러 쇼핑몰로 향했다가 끝도 없이 길게 줄을 선 사람들 틈에 서서 종일 기다려야 했다. 그러고 보면 사람들이 집 밖으로 나가 제일 먼저 하는 일은, 아이러니하게도 집 안에서 필요한 물건을 사는 것 같다.

로사나 누나는 줄을 서서 기다리는 사람들을 보며 강제로 집 밖에 나가지 못한 몇 달 동안 사람들이 접시와 의자를 마구 집어던져 집에 남은 접시와 의자가 하나도 없는 게 분명하다고 말했다. 그런데 오늘 그 장면을 다시 생각해보면 그것이 앞날에 대한 예고임을 알아차리게 된다. 집이라는 울타리는 튼튼한 요새가 되어가는 중이었다. 그 요새에 몸을 숨기면 세상과 직접 만날 위험을 감수하지 않고도 세상과 소통할 수 있었다.

요새 하니까 생각났는데, 봉쇄가 끝나자마자 테아의 가족은 서둘러 자신들의 요새로 피신을 하기 위해 즉시 스위스로 떠났다. 누나는 흥미로운 시선으로 그 집의 여행 준비 과정을 지켜보았다. 정확히 말하면 바이올린을 연주한 청년을 찾는 것이리라.

하지만 그 뒤로 아무도 청년을 보지 못했고 바이올린 소리도 들리지 않았다. 소식을 물어볼 카를로 할아버지도 이제 없었다. 검은 유리의 자동차를 타고 테아는 내 인생에서 영원히 멀어져 갔다. 누나와 나는 그 차에 타는 바이올린 연주자도, 바이올린도 보지 못했다.

우리 집에서는 이제 다미아노뿐만 아니라 아빠 이야기를 아무도 하지 않았다. 엄마는 하루에 한 번만 아빠와의 통화를 허락했다. 그러나 당혹함이나 기다림 이외에는 무슨 이야기를 나누었는지 기억이 거의 나지 않는다. 아빠는 곧 돌아오겠다고 약속했지만 늘 그 날짜를 정하는 일을 잊었다. 대신 학교 친구들, 숙제, 수업 같은 학교와 관련된 일을 세세하게, 거의 취조하듯이 묻곤 했다. 지금까지 한 번도 없었던 일이었다. 우리가 함께 지내는 동안 아빠는 나를 기쁘게 해주고 싶다는 바람을 충동적으로 드러내곤 했다. 이제는 그뿐만 아니라 나를 보살피고자 하는 새로운 의욕까지 생긴 것 같았다.

악당은 메스꺼운 속임수로 귀환한다. 그것도 아침에 말이다. 쿠키를 먹다가 엄마가 식탁에 펼쳐놓은 신문이 눈에 들어왔다. 여전히 건방진 눈의 줄리오 마우로와 이 세상에 둘도 없이 사랑스러운 아들과 포옹하는 수간호사의 사진이 보였다. 그 기사에서 수간호사는 팬데믹과 싸운 상징적인 인물로 묘사되어 있었다.

다행히도 줄리오 마우로의 얼굴은 기사 맨 밑부분에 깨알만큼 작게 나와서 나는 금방 그를 잊어버릴 참이었다. 그러나 놀랍게도 줄리오 마우로가 나를 불렀다.

"마티아!"

나는 사진 속의 줄리오 마우로를 좀 더 자세히 보려고 신문을 높이 들었다.

"마티아, 너 바보 아냐?"

열어놓은 창문 쪽을 돌아보니 발코니에 줄리오 마우로가 서 있었다.

줄리오 마우로는 이상하게 환히 빛났다. 머리는 자르지 않아 거의 어깨까지 닿았다. 그가 손을 흔들어 인사했지만 나는 그게 혹시 함정이고 그 인사가 언제나 그렇듯 심술궂은 행동의 연속일까 겁이 나서 대답하지 않았다. 하지만 토스카나가 그 애를 착한 사람으로 바꾸어 놓았는지 계속 나를 보고 웃었다.

"보고 싶었어."

줄리오 마우로가 말했다.

"고마워."

내 입에서 나도 모르게 이런 말이 새어나왔다. 물론 진심이 담기지는 않았지만 말이다.

"내려와서 축구할래?"

"좋지."

대답은 했지만 축구할 생각은 조금도 없었다. 엄마가 소리를 듣고 내가 있는 발코니로 나왔다. 잠시 후 맞은편 발코니에 수간호사도 나타났다.

"타냐, 지금 만날 수 있는 친척이 정확히 누구까지인지 알아?"

"사촌의 자식들까지?"

"아, 난 사촌이 하나 있는데 자식이 없어. 자식이 없어도 만나도 되지?"

"그 사촌밖에 없다면야. 그런데 별장에서 단 둘이 만나는 건 안 돼."

"그런데 배우자 말고 다른 사람을 사랑한다면 어디서 만나야 할까?"

수간호사가 계속 농담을 했지만 엄마는 몸이 굳은 채로 아무 말도 하지 못했다. 그 순간 당혹스러움이 엄마의 유머감각을 빼앗아버린 것이다.

"모여서 대체 무슨 얘기들이야?"

반니 아저씨가 소리를 치며 발코니에 나타났다. 대화에 참여하는 사람들이 자꾸 늘어나는 중이었다.

"2단계 상황에서 애인을 만들려면 아주 가까운 사촌밖에 없다는 이야기를 했어요."

수간호사가 농담을 했다. 반니 아저씨는 눈을 치켜뜨며 엄마를 노려보았다.

"이럴까 봐 걱정이었어."

반니 아저씨가 말했다.

"이제 겨우 자동 스위치 단계에서 수동으로 서서히 조절할 수 있는 단계로 넘어왔어요. 우리가 할 일은 그 조절을 잘해서 다시 예전 단계로 돌아가지 않는 겁니다. 타냐, 내 말 아시겠어요?"

이유는 모르겠지만 반니 아저씨가 특유의 무미건조한 말투로 협박을 하는 듯한 기분이 들었다. 그러나 나는 도둑의 말을 믿지 않았다. 도둑질 혐의는 그 이야기를 만든 사람과 함께 사라졌다. 이제 나는 반니 아저씨를 존경하지도 두려워하지도 않았다. 하지만 두 가지 감정은 아빠를 생각할 때마다 마음속에서 치열하게 싸웠다.

다음 날, 엄마가 파스타를 체에 거르는 동안 엄마의 휴대폰 화면에 이레네 이모가 나타났다.

엄마가 몸을 떨었다. 2단계 상황과 함께 이레네 이모가 변했다. 예전의 이모로 돌아갔다는 뜻이었다. 봉쇄가 끝나면서 이모의 기분은 지옥으로 떨어져 불평불만을 쏟아내기 시작했다. 이모는 매일 엄마에게 전화를 걸어 엄마를 괴롭혔다. 이제 영상통화가 아니라 유령 같은 목소리만 들렸는데 그 목소리만으로도 지금 이모가 어떤 상태인지 가늠할 수 있었다.

"밖에서 만날 사람이 아무도 없어, 아무도……."

이게 이모를 새롭게 사로잡은 생각이었고, 이와 더불어 마음에서 들려오는 '세상이 치유되면 내가 병들리라'는 말에 심취해 있었다.

초기의 열정이 다 사라졌기 때문에 소풍 편지로 화제를 돌려 봐도 별 소용이 없었다. 실제로 이젠 그 일을 하지 않았다. 이모는 아빠에 대한 죄책감에 괴로워하다가 아빠의 식당을 인수할 친절한 사업가를 찾아줘야겠다는 생각을 하게 되었다. 이모는 아빠가 유일하게 자신을 믿어준 사람이라고 말했다.

"네가 좀 받아, 로사나!"

엄마가 누나를 돌아보며 과장된 동시에 애원하는 톤으로 소리쳤다.

"이모한테 파스타 거르고 있으니까 가능하면 나중에 통화하자고 해."

이레네 이모 목소리 듣는 걸 엄마보다 더 싫어하던 누나는 내 얼굴 앞에 휴대폰을 들이밀었고 나는 당황해서 우물우물 말했다.

"여보세요……?"

"마티아, 이모야……."

저승의 목소리다.

"엄마 좀 바꿔줄래?"

"지금 삶은 파스타를 체에 거르는 중이야. 조금 있다가 전화하라고 할게. 안 그랬다가는 파스타가 너무 불어."

"엄마한테 못 기다린다고 말해!"

나는 방금 비운 냄비에서 올라오는 김에 뒤덮인 엄마에게 전화를 넘겼다. 엄마가 나를 노려보다가 한숨을 푹 쉬었다.

"이레네, 다 먹고 전화한다니…… 뭐라고? 아니, 말해봐. 대체 무슨 말이야? 안드레아가 우리 집을 담보로 은행에서 대출을 받았다고?! 이 집을? 그런데 너는 어떻게……."

엄마는 물기가 빠진 파스타를 체에 그대로 놔둔 채 식탁 주위를 서성이기 시작했고 로사나 누나가 의아한 눈으로 엄마를 지켜보았다. 그 사이 나는 혹시 오븐에 넣을 냉동 피자가 냉동실에 있는지 생각해보았다.

"아주 최고야! 뭐든 상상 이상이라니까!"

엄마의 목소리가 두 배, 세 배로 커졌다. 정신없이 움직이는 빗이 손에 들려 있기라도 한 듯 연신 손으로 머리를 쓸어 넘겼다.

"아, 대출을 받은 게 아니라…… 어떻게 이 집을 담보로 맡길 수가 있어? 누구한테? 디 폰초? 그 사람은 고리대금업자잖아, 당장 내 변호사하고 이야기해봐야겠어!"

"무슨 일이에요, 엄마?"

누나가 물었다.

"아무 일도 아니야. 파스타는 네가 소스에 버무려. 너하고 마티아 것만. 난 식욕이 싹 사라졌어."

엄마가 휴대폰을 들고 방으로 사라지자마자 나는 누나를 꾀여 끈적한 파스타는 쓰레기통에 버리고 냉동실에서 찾은 피자를 나눠먹자고 했다. 그 피자는 아직은 우리 소유로 남아있는 단 하나의 재산 같았다.

이레네 이모는 혹시 있을지 모를 식당 인수자에게 보여줄 식당의 서류를 살펴보던 중 당혹스러운 사실을 발견하게 되었다. 아빠가 우리 아파트를 고리대금업자로 악명 높은 오레스테 디 폰초에게 담보로 내놓은 것이다. 어쨌든 디 폰초가 도적단의 우두머리가 아닐지는 모르지만 곧 우리 집주인이 될 모양이었다.

나는 이 사건에 대해 차츰차츰 알게 되었는데 '큰 귀'를 벽에 대고, 엄마가 전화로 이 혼란의 원인 제공자에게 비난하는 소리를 듣자 점점 더 명확해졌다.

"언제 이야기할 작정이었어, 안드레아? 당신 아들이 사는 집이잖아! 이제 우리를 길거리에 나앉게 할 거야?"

엄마는 대답을 기다리지도 않고 전화를 끊어버렸다. 그 뒤 몇 시간 동안 엄마 휴대폰에 아빠 이름이 계속 떴지만 엄마는 다시는 아빠와 이야기하고 싶은 생각이 없어보였다.

나와 퍼프는 오레스테 디 폰초의 이야기가 진짜 사실이라는 게 믿어지지 않았다. 아빠가 아무리 절망적이었다 해도 어쨌든 가족인 우리의 평온한 일상을 위태롭게 할 리가 없다고 생각했다.

지금 돌이켜보면 현실에 대한 거부는 자기방어의 한 형태였다. 나는 몇 주 간의 봉쇄 기간 동안 내가 그린 믿음직한 아빠의 모습을 구겨 쓰레기통에 버리고 싶지 않았다.

나는 계속, 끊임없이 아빠를 믿었다. 그리고 언제나 아빠의 목소리를 듣고 싶었다. 그러나 아빠의 이름은 완전히 우리 집(이제 우리 집이 맞나?)에서 추방되고 말았다.

할머니의 도움에 의지하기도 힘들었다. 할머니도 우리 집안의 다른 여자들과 하나가 되어 우리 집을 고리대금업자에게 넘긴 사람을 세상에서 제일 나쁜 악당으로 생각했다. 그래도 할머니 휴대폰으로 아빠에게 전화하는 일까지 금지하지는 않았다.

아빠와 통화를 할 때는 최대한 집 문제는 피하려 애썼다. 나는 아무 것도 모르는 체하는 게 좋았다. 둔한 척 연기하는 게 내 특기 중 하나이기도 했다. 그건 지금도 마찬가지다. 내 아내조차 내가 거짓으로 그런 체하는 사람이라고는 상상하기 힘들 정도로 말이다.

아빠가 떠난 뒤로 거의 한 달가량 지났고 5월이 다가오던 어느 날, 오후 원격 수업과 과도한 숙제에 관한 새로운 소식을 아빠에게 짧게 보고했다. 그러고 나서는 세 번이나 줄리오 마우로 혼자 마당에서 놀게 했다고 약간 사악하게 덧붙였다. 세 번 다 여러 가지 거짓말을 늘어놓으며, 다음에는 꼭 내려가서 축구를 하겠다는 약속도 했다는 말을 빼놓지 않았다.

나는 아빠가 박수라도 치며 좋아하리라 기대했는데 뜻밖에도 내게 화를 냈다. 처음 있는 일이었다. 거짓말만 하고 약속을 지키지 않는다며 줄리오 마우로에게 사과하지 않으면 이제 내 말을 믿지 않겠다고 소리를 질렀다.

'누가 누구 말을 하는 거야.'

이렇게 생각했지만 아빠에게는 말하지 않았다. 예상치 못하게 진지한 그 목소리에 상처를 받았기 때문이다.

아빠와 통화를 마친 뒤 할머니에게 돌아가서 화난 얼굴로 휴대폰을 돌려주었다.

"무슨 일 있니, 아가?"

할머니는 혹시나 학교에서 다른 나쁜 일이 있을까 봐 걱정하며 물었다.

"줄리오 마우로에게 거짓말을 했다고 했더니 아빠가 야단을 쳤어요. 하지만 아빠는……."

"줄리오에게 거짓말 했니? 맞아, 아니야?"

"맞아요, 하지만……."

"이제 네 아버지가 친구가 아니라 아버지 노릇을 하기 시작했구나."

할머니가 말했다.

세상이 한 달 전에 열리기는 했지만 나는 여전히 아파트 출입문 밖으로 나갈 엄두를 내지 못했다. 대신 용기를 내어 줄리오 마우로에게 사과했다. 우리는 매일 마당에 내려가 같이 축구를 했다. 그 애와 같이 노는 게 예전처럼 견디기 힘들 정도로 싫지는 않았다. 그 애가 화가 나서 심술궂은 행동을 해도 예전처럼 마음속에서 분노가 끓어오르지 않았다.

우리는 유튜브에서 인기인 챌린지를 흉내 내서 온갖 도전을 했다. 심지어 피치포의 사료를 먹기에 이르렀다. 한 움큼을 꿀꺽 삼킨 줄리오 마우로의 압승이었다. 반면 나는 한 알을 입에 겨우 넣었다가 용기의 나무 밑으로 달려가 뱉어버렸다.

그나마 이게 하루 중 가장 즐거운 시간이었다. 그러니 다른 시간들은 어땠을지 여러분의 상상에 맡기겠다.

그해 6월 7일에 로사나 누나가 열일곱 살이 되었다. 누나는 마지막까지도 친구들과 생일을 축하하며 보내고 싶어 했지만 식구들과의 따분한 점심식사로 만족해야 했다.

어떤 의미에서 보면 따분했다는 말이지 사실은 젬마 할머니 집에서 먹은 점심식사 역사상 이번이 가장 놀라웠다.

할머니는 평상시에는 서랍에 넣어두는 은수저와 포크와 나이프를 식탁에 차려놓았지만 주방에서 음식 냄새가 나지는 않았다. 할머니가 낙담한 표정으로 오븐에 넣은 라자냐가 다 타버렸다고 우리에게 설명했다. 그래서 피자와 감자튀김을 시키셨단다.

"피자하고 감자튀김요?"

내가 좋아서 소리쳤다.

"텔레비전 보면서 먹어도 돼요?"

내가 그리워하는 1단계 상황 때의 모습이었다.

"피자하고 감자튀김이라고요? 할머니, 말도 안 되는 거 아세요?"

생일 당사자인 누나가 투덜거렸다.

"초밥이 더 나았을까?"

젬마 할머니가 물었다.

"날 생선은 안 돼요, 제발."

엄마가 끼어들었다. 어쩌다 중국 시장을 배경으로 한 다큐멘터리를 보았는데 거기서 한 남자가 갓 태어난 물고기들을 그 자리에서 먹는 장면이 등장했다. 그때부터 엄마는 생선회 이야기조차 꺼내지 못하게 했다.

"라자냐가 그렇게 된 줄 알았으면 내가 뭐라도 준비했을 텐데요."

"제발요, 엄마. 피자와 감자튀김이 훨씬 좋아요!"

로사나 누나가 키득거리며 말했다. 평상시 엄마에게 보이던 공격적인 말투는 아니었다.

두 사람 사이에 무슨 일인가 벌어진 게 분명했다. 마치 각각의 은신처에서 나온 뒤 여러 감정을 함께 나눌 중간 지점을 발견해 거기서 만난 사람들 같았다. 그러니까, 아빠를 경멸하는 사람은 엄마만이 아니었다.

엄마는 엄마 반 학생들이 여름 방학이 되기 전에 공원에서 만나 마지막 인사를 나누게 하려고 고군분투했다. 누나는 의외로 엄마 편이 되어 여러 고등학교의 학생들이 회원인 인터넷 사이트에 청원서를 올렸다.

내 생일 때와 달리 이레네 이모 자리만 비어 있었다. 며칠 전부터 북부에서 남부로, 남부에서 북부로 이동이 가능해졌지만 이모는 로마에서 움직이지 않기로 했다. 자신의 우울한 기분을 우리에게 전파하지 않기 위해서였다. 사실은 가족들의 불안감에 함께 물들지 않는 게 좋겠다고 전화로 한숨을 쉬며 말했다.

로사나 누나는 거의 15분 동안 시무룩한 얼굴이었다. 그러다가 이모 자리에 피치포를 초대했다.

“고양이 어디 있는지 본 사람?”

엄마가 할머니 주방에서 나오면서 말했다. 우리 모두 피치포를 찾기 시작했다. 처음에는 장난 삼아 시작했는데 차츰 불안감이 커져갔다. 우리들의 수사는 거실 창문 앞에서 중단되었다.

“마티아, 네가 문 열어 놨어?”

누나가 죄책감을 느끼게 하는 말투로 넌지시 말했다. 난 급히 발코니로 뛰어나갔지만 소용없었다.

안드레이의 뒤를 따라 우리 가족의 구성원 하나가 또 도주를 선택한 것이다.

교회 종소리가 1시를 알리자 로사나 누나는 발작적으로 신경질을 냈다.

"친구들은 거리두기라 못 만나고, 라자냐는 다 타버리고, 피자는 오지도 않는데 이제 고양이까지 사라져버렸어. 무슨 이런 거지 같은 생일이 있어?"

욕실로 달려간 누나가 안에서 문을 잠그기 직전에 겨우 누나를 잡았다. 내가 누나를 꼭 껴안고 울음을 터뜨리는 바람에 누나의 노란 티셔츠가 눈물에 젖었다. 누나는 내 머리를 쓰다듬었다. 내 흐느낌이 잦아들자마자 누나가 바닥에 힘없이 웅크리고 앉았다.

"등과 등 맞대볼까?"

누나가 등을 돌렸고 곧 길고 마른 등이 조그만 내 어깨에 와 닿았다.

"미안해."

누나가 말했다.

“피치포 때문에?”

“이 집에 아빠를 데려온 게 나였잖아. 난 아빠가 이런 문제를 일으킬 줄은 상상도 하지 못했어.”

“누나 잘못 아니야. 아빠 잘못도 아니고.”

“당연히 아빠 잘못이지.”

“누나.”

“왜?”

“돌아올까?”

“네 생각엔 어디 갔을 것 같아? 지붕에 올라갔을 거야. 언제나 부주의하니까 굴러 떨어지지나 않기를 바라자고.”

“아빠 말이야.”

“기대하지 마.”

하지만 나는 아빠가 돌아오길 너무나 기대했기 때문에 아빠가 가르쳐준 대로 다섯까지 셌다.

‘이제 아빠가 내 아빠라는 걸 영원히 믿지 않을 거야.’

나는 속으로 생각했다.

‘하지만 지금은 아니야. 먼저 다섯까지 셀 거야. 하나, 둘, 셋…….’

넷까지 셌을 때 초인종이 울렸다.

“로사나, 가서 문 열어 봐라!”

아직도 열심히 고양이를 찾던 할머니가 소리쳤다. 현관문을 여는 동시에 헝클어진 앞머리를 한 손으로 쓸어 넘기는 누나의 모습이 보였고, 곧이어 고양이 울음소리가 들렸다.

아빠가 아니라 2층에 사는 뱀파이어였다. 품에는 바이올린 대신 놀랄 만큼 뻔뻔한 고양이를 안고 있었다. 바이올린 연주자는 발코니에서 피치포를 발견했다고 했다.

피치포는 바이올린 연주자의 품에서 도망쳐 내 신발 앞에 앉더니 꼼짝 하지 않았다. 도리어 화난 모습이었지만 품에 안아주고 싶은 마음이 저절로 들었다.

"아빠 찾아 갔던 거지, 응?"

내가 피치포 귀에 소곤거리자 그에 대답하듯 피치포가 가르랑거렸다.

바이올린 연주자는 현관 앞 매트에 꼼짝 않고 서서 계속 로사나 누나를 쳐다보았다. 마치 세계 7대 불가사의가 아니라 세상에 하나밖에 없는 불가사의라도 발견한 것처럼. 엄마는 세균이라도 찾아낼 듯 예리한 눈으로 그를 보다가 안으로 들어오라고 권했다.

"잠깐 들어와서 우리하고 점심 먹을래요?"

뱀파이어로서는 더 바랄 게 없었다. 정확히 말하자면 식사가 아직 준비되지 않았지만 말이다.

바이올린 연주자의 이름은 다비데였고 테아의 오빠가 아니라 사촌오빠였다. 대학교 1학년이었는데 내 눈에는 비호감이었던 다비데의 삼촌(테아 아버지)이 아파트를 빌려주었다. 그는 내성적이어서 봉쇄 기간에도 거의 밖에 나오지 않았다고 했다. 하지만 로사나 누나를 보며 웃는 모습을 보니 우리 집에서 앞으로 몇 달 동안은 바이올린 연주를 자주 듣게 될 것 같은 예감이 들었다.

갑자기 배가 고파져 신경질적으로 변한 피치포가 줄리오 마우로가 실컷 먹고 남긴 사료로 뛰어드는 사이에 나는 제일 친한 내 친구 생각을 듣고 싶은 마음을 억누르기 힘들었다. 그래서 엄마에게 인형들을 집에 놓고 왔다고 말했다.

"내가 같이 가지러 가줄게."

엄마가 말했다.

"혼자 갔다 오게 해."

할머니가 끼어들어 나도 놀랄 만큼 단호하게 말했다.

"마티아는 한 번도 혼자 집에 들어가본 적이 없어요!"

"바로 그래서야."

그렇게 처음으로 내게 열쇠꾸러미가 맡겨졌다. 나는 계단으로 달려 내려가 자물쇠를 열고 복도, 그다음에는 내 방으로 가서 퍼프 위에 앉았다.

“누나 말이 맞을까 봐 겁나, 알아? 아빠가 다시는 돌아오지 않을 거래.”

내가 속마음을 털어놓았다.

“다섯의 규칙이 맞지 않았다면 그 의미는 단 하나야.”

퍼프가 단언했다.

“뭔데?”

“우리가 여섯의 규칙을 만들어야 한다는 거지.”

나는 퍼프의 말대로 여섯까지 세어 보았지만 계속 아무 일도 일어나지 않아서 시무룩한 얼굴로 퍼프에서 일어나 발코니로 나갔다.

아래를 내려다보니 피자 배달원 말고는 아무도 보이지 않았다. 배달원은 피사의 사탑처럼 기울어진 상자들을 가지고 비틀거리며 마당을 가로질렀다. 상자에서 나는 김이 그의 얼굴까지 올라왔다.

“마티아, 빨리 올라와, 피자 왔다!”

할머니가 난간에서 몸을 내밀고 소리쳤다. 나는 식욕이 완전히 사라진 상태였지만 서둘러 현관문을 닫고 계단을 뛰어올랐다. 이유는 모르겠으나 젬마 할머니가 해줬던, *‘하늘을 향해 달려가기는 쉽지 않다. 이것이 과업이고 진정한 모험이다’*라는 말이 생각났다.

층계참에 도착했을 때 마침 엘리베이터 문이 열리며 피자 사탑이 내게로 기울어져 모짜렐라가 신발로 흘러내렸다. 바로 그 순간 마스크를 내리는 배달원의 얼굴을 보았다. 수염이 너무 길다고도 할 수 있고 너무 짧다고도 할 수 있었다. 정말 적당히 면도하는 법이 없다.

"아빠!"

"이거 굉장히 힘드네, 챔피언! 배달하는 사람에게 배달비를 지금보다 훨씬 더 많이 줘야 해."

아빠는 토마토소스로 더러워진 손으로 내 머리를 쓰다듬으며 다른 한 손으로는 상자를 제대로 들어보려 애썼다.

우리가 피자와 함께 사람들 앞에 나타날 수 있게 수습이 되자 내가 초인종을 눌렀고 할머니는 벌써 다 알고 있다는 듯이 웃으면서 문을 열어주었다. 엄마와 누나는 눈이 휘둥그레져서 그 광경을 지켜보았고 바이올린 없는 바이올린 연주자는 흥분한 피치포가 뛰어나가지 못하게 쓰다듬어주었다.

"생일 축하해, 로사나!"

아빠가 말을 꺼냈다. 그리고 엄마의 눈을 보고 계속 말했다.

"그냥 생일 축하하러 온 거야. 빚 없이. 밀라노에 와서 살기로 했으니까 여러분들은 나를 같은 도시에 사는 사람으로 생각해주면 돼요."

"또 한 번 우리 집에 쳐들어 올 생각이라면……."

엄마가 어린아이 같은 목소리로 낮게 말했다.

"밀라노로 돌아왔다고 했지, 당신 집으로 왔다고는 안 했어."

엄마가 계속 사나운 눈으로 식탁에서 일어났다.

"그러셔! 우리 집은 어떻게 할 건데?"

"곧 당신 집이 될 테니 당신 원하는 대로 할 수 있어."

"농담은 이제 그만해, 안드레아."

"농담 아니야. 공증인하고 다 해결했어."

"그럼 당신 빚은?"

"다 갚았지. 마지막 1센트까지."

"누가 갚아줬는데? 페데리카?"

아빠 얼굴이 잠시 어두워졌다.

"아니야. 슈퍼맨, 배트맨, 캣우먼이. 나의 슈퍼 히어로들이 모금을 해줬어."

"소장품을 팔았군요!"

누나가 소리쳤다.

젬마 할머니만 유일하게 이런 갑작스런 소식들에 놀라지 않고 완전히 침착한 모습이었다.

"로사나, 피자 접시에 옮겨놓게 좀 도와줄래? 마티아, 너는 냉장고에 가서 맥주하고 탄산수하고 레몬 슈웹스 좀 꺼내 와."

"고맙습니다, 할머니. 레몬 슈웹스는 제 거죠?"

"다른 사람들도 피자 먹을 때 같이 먹어도 되겠지? 타냐, 안드레아 손 씻게 욕실에 좀 데려다줄래?"

"아빠는 손 잘 못 씻어요. 내가 같이 갈게요."

"아빠를 믿어봐, 아가. 엄마가 데려다주게 내버려 두렴."

역사상 그렇게 오래 손을 씻은 사람은 없으리라. 엄마와 아빠가 돌아왔을 때 우리는 벌써 피자를 다 먹고 배를 두드리며 앉아 있었다. 식탁에 남아있는 피자라고는 제일 많이 일그러진 두 조각뿐이었다.

"라자냐 조금 먹을래?"

젬마 할머니가 엄마에게 물었다.

"다 탔다고 하지 않으셨어요?"

로사나 누나가 끼어들었다.

"사실은 그런 줄 알았어. 지금 보니까 그렇게 많이는 안 타서……."

아빠는 조용히 피자를 덥석 물어 꿀꺽꿀꺽 삼키며 계속 내게 윙크를 했다. 정말 소름끼치는 모습이었지만 그 기억을 떠올릴 때마다 감동이 밀려온다.

우리는 같은 식탁에 앉아 있었지만 함께 어울리려는 마음보다는 제각각의 생각에 빠져 있었다. 로사나는 다비데와 단 둘이 있고 싶어 했고, 피치포는 사료와, 나는 아빠와 같이 있고 싶었다. 엄마는 할머니가 안드레이와 결탁해서 파놓은 함정에 빠진 듯한 기분이 들어 할머니와 이야기를 나누고 싶었을지도 모르겠다.

바이올린 연주자와 함께여서인지 모두가 자신의 생각과는 다른 이야기, 즉 바이러스 이야기를 공동의 화제로 삼는 게 자연스러웠다. 여름이 다가오면서 바이러스의 전파력이 다소 약해진 듯했다. 소수의 사람들만이 방역조치를 완화했을 경우 미칠 영향에 대해 논쟁을 벌이던 시기였다.

그날 모인 우리 가족들은 각자 자신이 신뢰하는 과학자의 주장을, 또는 그 주장의 일부분을 받아들여서 자신들의 의견이 타당하다는 것을 보여주려 했다. 누나는 유명한 바이러스 학자의 논문을 예로 들었는데 그 학자는 바이러스의 위험성이 줄어들었다며, 마스크를 쓰지 않은 채 나빌리오 운하에 북적이는 젊은이들을 옹호했다.

“여러 달 동안 우리에 가둬두었다가 갑자기 문을 열면 누군가는 날아가버린다는 걸 알아야 해요. 그런데 어른들은 매번 우리에게 설교를 하잖아요! 우리 힘들만큼 힘들지 않았어요?”

다비데가 고개를 끄덕였다. 다비데는 아마 누나가 그 젊은이들을 집에 가두어야 한다고 주장했어도 똑같이 했을 게 분명하다. 반면 엄마는 고개를 저었다.

"그렇게 해서 다시 전염이 시작되고 가을이 되면 처음으로 돌아가게 된다는 거 몰라? 우리는 모두 바이러스에 감염되는 게 타인의 문제라고 생각하는데……."

흥분한 마음들을 달래주려고 할머니가 포병 대원들을 정렬시켰다. 그러니까 보카치오, 만초니, 할머니가 좋아하는 다른 작가들이 줄지어 등장한 것이다.

"세계에 종말이 찾아왔다는 이야기는 조금 과장되어 보이는구나. 우리는 페스트, 스페인 독감, 다른 재난들을 다 극복했어. 조만간 백신이 나올 거고 그 사이에 우리는 조심하며 살아가는 데 익숙해질 거야. 그걸 뭐라고 부르지? 사회적 거리두기이지."

"바이러스 때문에 부자는 더 부자가 되고 가난한 사람은 더 가난해졌어요. 진짜 사회적 거리두기가 된 거죠."

아빠가 중얼거리듯 말했다. 이번에는 모두 아빠의 말에 동의했다.

엄마가 누나의 생일 케이크의 초를 불어서는 안 된다고 주장하는 바람에, 누나는 슈크림 위에 쓸쓸하게 꽂힌 초 하나를 따로 불어야 했다.

가족들끼리 조심스레 볼 키스를 주고받았는데 안드레이만 몇 번의 팔꿈치 인사로 만족해야 했다. 그런 다음 미래를 위해 축배를 들었다. 로사나 누나는 열여덟 살 생일은 정상적인 파티를 하게 되길 소원했다. 다비데는 그날 누나를 위해 자신이 제일 좋아하는 갈리의 <Good Times>라는 곡을 연주해주겠다고 약속했다.

정말 그렇게 되었다. 그 뒤 몇 달 동안 바이러스가 여전히 피해를 주긴 했지만 결국 사람들은 바이러스에 적응했다. 세상은 '현재' 안에서 다시 달리기 시작했다. 현재를 사는 동안 그 현재는 언제나 이전의 모든 현재들보다 훨씬 나빠 보였다. 그렇지만 몇 년 뒤 사람들은 왜곡된 기억들을 떠올리며 그 시간을 그리워했다.

우리가 수천 년 전부터 그래왔던 것처럼 말이다.

엄마와 아빠도 결국 서로에게 적응했다.

그날 오후 로사나가 욕실 문을 닫고 선물로 받은 옷들을 입어보는 사이 안드레이가 내게 루카쿠 티셔츠를 입혀주었다. 둘이 축구를 하러 마당에 나가기로 했다.

아빠와 단 둘이 남았을 때 오레스테 디 폰초에게 돈을 갚으려고 정말 수집한 만화책을 전부 다 팔았는지 물어보았다.

"전부 다는 아니야."

아빠가 배낭을 뒤적이더니 비닐로 표지를 싼 구깃구깃한 작은 만화책 한 권을 꺼냈다.

"할아버지가 가지고 계셨던 《플래시 고든》은 남겨두었지."

아빠가 말했다.

"어느 날엔가 네가 갖게 될 거야. 네가 어른이 될 때까지 아빠가 보관하고 있을게. 나 믿지?"

내가 아빠를 보고 웃었다.

계단을 내려가다가 2층의 비어있는 아파트 앞을 지나게 되었는데 어쩐지 '임대'라는 종이가 눈에 띄지 않았다.

"내가 세 얻었어."

아빠가 말했다.

"이러면 너희들 집에 살지 않아도 너희들 가까이에서 살 수 있잖아. 네 방도 있으니까 오고 싶을 때는 언제든지 와도 좋아."

"엄마 마음을 돌려서 우리 집에 돌아오면 안 돼요?"

"그게 그렇게 간단한 일이 아니야, 챔피언. 그런데 네가 이제 다 컸으니까 아빠가 설명을 해보도록 할게."

우리는 마당에 도착했고 아빠가 용기의 나무 아래에 앉았다. 나는 아빠 앞에 서 있었다.

"마티아, 사랑은 춤이야. 인생은 항상 다른 음악을 연주하는 오케스트라지. 두 사람이 함께 춤을 출 때는 상대의 발을 밟지 않으면서 변하는 박자에 맞춰야 해. 두 사람에게 계속 춤을 출 힘을 주는 이유를 찾으면서 말이야."

"그럼 엄마와 다시 춤을 출 이유가 있어요?"

"있다고 생각해. 다만 장소가 일치하지 않을 뿐이지. 다행히 우리는 거리를 두고 계속 춤을 출 수 있어……."

"이해했어요. 그렇지만……."

그렇지만 솔직히 말하면 아무 것도 이해하지 못했다. 아빠가 내게 말하고자 했던 것을 이해하는 데는 시간이 필요했다.

아빠와 엄마는 더 이상 함께 살지 않았지만 절대 헤어지지도 않았다. 아빠와 페데리카가 헤어진 뒤 페데리카는 레이더망에서 사라졌다. 아빠는 2층에 계속 살다가 우리 앞집, 그러니까 줄리오 마우로네 아파트로 이사 왔다.

나는 엄마가 수간호사에게 록다운 기간 동안 그녀의 남편이 벌였던 일을 이야기했는지 알지 못한다. 다만 확실한 사실은 몇 년 뒤 두 사람은 이혼했고 수간호사는 줄리오 마우로를 데리고 토스카나로 이사를 가면서 아빠에게 세를 놓았다.

아빠가 몇몇 여자들을 사귀었듯이 엄마의 삶에도 다른 남자들이 들어오기는 했으나 두 사람은 어떤 남자나 여자에게도 정착하지 않았다. 나이가 들면서 내 부모님은 진짜 부부처럼 서로 닮아가기 시작했다. 계속 싸웠지만 두 분만의 세상을 만들었다. 이따금 저녁이면 함께 옛날 드라마 시리즈를 보았고, 엄마가 소파에서 잠이 들면 아빠는 혼자만 뒷부분을 먼저 보지 않으려고 텔레비전을 껐다. 그리곤 집으로 돌아가기 전에 엄마에게 담요를 덮어주었다.

용기의 나무를 뒤로 하고 우리는 도로로 나가는 현관 앞에 섰다. 나와 아빠가 함께.

여기까지 오기 위해 많이 걸었지만 더 이상 나갈 생각은 없었다. 아빠가 내 귀에 대고 이렇게 소곤거리긴 했지만 말이다.

"맛있는 아이스크림 먹으러 갈까?"

나는 대답 대신 내 발만 내려다보았다. 나는 등을 돌려 천천히 계단 쪽으로 걸어갔다.

"마티아!"

고개를 돌렸다. 아빠가 현관문의 버튼을 누르자 살짝 열린 문틈으로 환한 빛이 길게 들어왔다. 나는 다른 차원을 향해 활짝 열린 문 앞에 서 있는 공상과학 영화의 주인공이 된 기분이었다.

주인공은 그 문이 곧 닫힐 테고 익숙했던 것들에게 작별인사를 할 시간은 순간에 불과하다는 것을 알고 있었다. 또한 지금 그 문으로 나갈 용기를 내지 못한다면 낡은 습관에서 영원히 벗어나지 못하리라는 점도 잘 알았다.

아빠가 가만히 서서 내게 한 손을 내밀었다. 기억 속의 그 손은 아주 컸다. 나는 아빠 쪽으로 작게 한 발을 떼어놓았다가 아빠에게 달려가 그 큰 손을 잡았다.

"물론 생크림 없는 아이스크림 말이야."

아빠가 웃었다.

"아니요, 생크림 있는 거요. 어떤 맛인지 먹어보고 싶어요."

에필로그

나의 아내 시모나 스파라코에게 이 책을 바친다. 그녀는 사랑하는 아내이기도 하지만 아이디어를 같이 내고 매일 그것을 구체화하며 함께 작업한 동료다. 같은 시기에 아내가 자신의 책을 출간하지 않았다면 이 책은 우리 부부의 이름으로 출간되었을 것이다.

알렉스 자나르디에게도 감사의 인사를 전한다. 마티아 아버지에게 영감을 준 '다섯의 규칙'은 그의 것이다. 제목을 조언해 준 엘리사 델 메세와 만화 수집가의 세계를 알게 해준 다리오 부촐란에게도 감사한다. 봉쇄 기간 동안 함께 했던 《영웅의 여행》의 저자 크리스토퍼 보글러에게도 감사한다. 성인 마티아의 생각에서 이 책의 흔적을 찾을 수 있다.

마지막으로 수많은 독자분들에게 감사한다. 여러분이 있어서 우리가 잊지 못할 한 해의 감정을 공유할 책을 쓰게 되었다. 여러분이 준 아이디어가 이 소설의 페이지마다 영양분이 되었다.

- 2020년 12월 밀라노에서

추천사

기필코 잊지 않기 위해서

- 김민주 《로마에 살면 어떨 것 같아?》, 《우리가 우리에게 닿기를》 저자

2020년 3월 6일 학교가 문을 닫았습니다. 3월 14일 이탈리아 전국에 록다운이 선포되었습니다. 내 집 밖으로의 외출이 금지되었습니다. 며칠이 지나자 사람들은 발코니로 나와 박수를 쳤습니다. 오후 6시엔 다 함께 노래를 불렀습니다. 시작은 알 수 없지만 마치 약속을 한 듯 하루에 두 번 우린 어김없이 발코니로 나갔습니다. 처음의 의도는 힘겨운 싸움을 하는 의료진들을 위한 응원이었습니다. 그런데 어느 순간 그들 자신이 견디기 위해 노래하고 박수를 쳤습니다. 우리 모두가 힘겨운 싸움을 하고 있었습니다. 그리고 어느 순간, 그 누구도 박수를 치지도 노래를 부르지도 않았습니다. 희망을 말하고 싶지만 말하는 순간 무너져버릴 것 같은 날 선 시간이 이어졌습니다. 언제라도 문을 열고 나갈 수 있는 나의 집이었지만 그 누구도

나서지 않았습니다. 어쩌면 외출금지가 아니더라도 바이러스의 공포로 인해 집 밖으로 나갈 용기를 내지 못했을 것입니다.

마티아의 가족처럼 우리에게 허락된 세상은 거실, 주방, 방, 발코니와 아파트의 옥상이 전부였습니다. 집에서의 시간이 길어지자 맞닥뜨린 어려움이 바이러스에서 우리 서로에게로 옮겨졌습니다. 우린 가족이었지만 단 한 번도 온전히 가족으로만 존재해본 적이 없었습니다. 아이들에겐 학교가 있었고 아빠에겐 직장이 있었고 엄마에겐 직업이 있었습니다. 록다운 전의 우린 하루 중 반 이상을 가족이 아닌 이름으로 각자의 공간에서 각자의 역할을 수행하며 살았습니다. 록다운이 시작되고 한 달이 넘게 가족의 공간과 시간만이 우리에게 허락되었습니다. 그건 마치 처음으로 가족으로 살아보는 기분이었습니다.

이 책의 원제목은 'c'era una volta adesso'입니다. 이탈리아어로 번역하면 '아주 오래전 그때는'입니다. 그때의 우리가 이 책 속에 있습니다. 비단 이탈리아뿐만 아니라 지구에 존재하는 누구나 록다운, 봉쇄, 격리라는 명칭과 기간만 달랐을 뿐, 강제적으로 집에서만 머물러야 하는 시간을 겪었습니다. 이 책은 마티아의 기억으로 기록한 우리의 이야기입니다. 아주 오래전 그때, 우리 모두가 이태리 아파트먼트에 머물고 있었습니다. 마티아는 2080년, 손자들에게 들려주기 위해 이 이야기를 시작합니다. 손자들은 할아버지의 시시한 상상 속 이야기라고 생각합니다. 시시한 상상 속 그 이야기 속에 여전히 머물고 있는 전, 60년 후 마티아와 같이 이 시간을 보낸 우리의 아이들이 손주들에게 이야기를 전할 때 부디 그 아이들이 믿지 못하기를 바랍니다. 그저 아주 오래전 그날의 이야기일 뿐이길, 간절히 바랍니다. 하지만 잊지 않기를 바랍니다. 분명 힘겨웠지만 우린 그 순간에도 노래했고 춤을 췄다는 것을. 그 시간은 가족이 다시 가족이 되기 위한 순례길이었다는 것을.

가족이 아닌 나로서는 아무것도 할 수 없는 시간이었지만 가족이라는 이름으로 무엇이든 할 수 있는 시간이었습니다. 가족이 함께 손을 잡고 있었기에 모든 것이 멈춘 그 순간에도 생크림을 올린 아이스크림을 먹을 용기를 배웠습니다. '코로나 때문에'라고 원망했지만 '코로나 덕분에'라고 감사했던 순간이 매일 우리 곁에 존재했습니다. 망할 코로나 때문에 가이드인 아빠의 일이 사라졌지만 코로나 덕분에 그 시간은 아이들의 모든 생애를 통틀어 아빠와 가장 많은 것을 함께했던 시간으로 기억될 것입니다. 우린 아주 많이 웃었습니다. 그러나 2022년을 보름 남짓 앞두고 있는 현재 이미 그 시간들을 잊었습니다. 역경 속에서도 웃고 감사했던 그 생생했던 기억들을. 기억은 너무나 쉽게 휘발되기에 누군가가 끊임없이 일깨워 주어야 합니다. 바이러스라는 비싼 값을 치르고서야 발견할 수 있었던, 우리가 함께일 때만 빛낼 수 있는 용기와 사랑을 말입니다. 아주 오래전 그때의 우린 그 시간들 때문에 힘겨워했지만 현재의 우린 그 시간들 덕분에 힘을 낼 수 있음을 잊지 않기 위해, 전 이 책을 항상 침대 옆에 두려 합니다. 우리가 이태리 아파트먼트 속에 멈춰 있었던 것이 아니라 함께 나아가고 있었음을 기필코 잊지 않기 위해서.

이태리 아파트먼트

팬데믹을 추억하며

초판 1쇄 발행 2022년 2월 16일

지은이 마시모 그라멜리니Massimo Gramellini
옮긴이 이현경
편집 김은지
디자인 이수빈

펴낸곳 해와달 출판그룹
브랜드 시월이일
출판등록 2019년 5월 9일 제 2020-000272호
주소 서울특별시 마포구 양화로 183, 311호
E-mail info@hwdbooks.com

ISBN 979-11-91560-09-1 (03880)

• 시월이일은 해와달 출판그룹의 단행본 브랜드입니다.
• 이 책은 저작권법에 의하여 보호를 받는 저작물이므로 무단 전재와 복제를 금합니다.
• 책값은 뒤표지에 있습니다.
• 파본은 구입하신 서점에서 교환해드립니다.